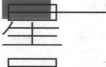

XINGXING
ZAI SHUIZHONG
LIUDONG

白蕙侨 ◎

著

哈尔滨出版社
HARBIN PUBLISHING HOUSE

图书在版编目（CIP）数据

星星在水中流动 / 白蕙侨著． — 哈尔滨：哈尔滨
出版社，2022.8
ISBN 978-7-5484-6565-2

Ⅰ．①星… Ⅱ．①白… Ⅲ．①诗集－中国－当代
Ⅳ．① I227

中国版本图书馆 CIP 数据核字（2022）第 100241 号

书　　名：**星星在水中流动**
XINGXING ZAI SHUIZHONG LIUDONG

作　　者：白蕙侨　著
责任编辑：韩伟锋
封面设计：树上微出版

出版发行：哈尔滨出版社（Harbin Publishing House）
社　　址：哈尔滨市香坊区泰山路 82-9 号　　邮编：150090
经　　销：全国新华书店
印　　刷：武汉市籍缘印刷厂
网　　址：www.hrbcbs.com
E-m a i l：hrbcbs@yeah.net
编辑版权热线：（0451）87900271　87900272
销售热线：（0451）87900202　87900203

开　　本：880mm×1230mm　1/32　印张：7.75　字数：148 千字
版　　次：2022 年 8 月第 1 版
印　　次：2022 年 8 月第 1 次印刷
书　　号：ISBN 978-7-5484-6565-2
定　　价：68.00 元

凡购本社图书发现印装错误，请与本社印制部联系调换。
服务热线：（0451）87900279

微风簇浪／满河星

文／李芮

　　惊蛰是带给人希望的节气，就像朱自清写的那样"山朗润起来了，水涨起来了，太阳的脸红起来了。"就在这美好的春日里，我接收到了女诗人白蕙侨发来的诗集稿子：《星星在水中流动》。

　　开始读这些诗歌的时候，昨夜的睡意还没有从脸上抹去，刚刚推开的窗户上还保留着夜露的潮湿气息，湛蓝的天幕上浮现出令人惊艳于自然界之伟大的七彩霞光，让我一瞬间觉得心里充满了诗意。那么，诗意是什么呢？依我肤浅的认识，我觉得诗意就是每个人内心深处独特的感受吧。

　　蕙侨从十几岁就已经开始诗歌创作了，也就是说，她的人生从懵懂起步就已经与诗歌相伴了。十几岁的女孩子，怀揣着一颗对世界充满好奇的心，把诗歌注入了青葱岁月，何其曼妙！如此的年纪，正是应该有玫瑰装饰的世界，可是，作为一个诗人，她的内心已经拥有了有别于庸常女子的丰富与细腻，犹如夏季里茂盛多汁的藤蔓。当然，也会有淡淡的、浅浅的忧伤，但那完全是妙龄女子的青春注脚，是一种人生的文身方式。我想，一个被美丽的汉字浸润着的女子，韶光亦会厚待于她，那些明亮的语言积聚在一颗温润的心里，身上便多了些清澈，多了些坦然，多了些腹有诗书气自华，纵使生活里涌动着雷电风雨，她依然可以把尘世的一切看得云淡风轻。在一首叫作《架一座桥》的诗里，蕙侨写道：在岁月里行走 / 偶一抬头 / 遇见你的笑 / 微勾的嘴角是月牙儿在摇 / 人同此心 心同此理 / 诚心天地共鉴 / 只须架一座桥 / 便能把莲叶样的圆满捞取。捧一杯香茗在手，读一首这样的诗，我可以说这是个很美好的事情吗？

其实吧，生活中的诗意无处不在，就像王国维说的："一切景语皆情语"。在蕙侨的眼睛里，花花草草是诗，小猫小狗是诗，因为她有一颗善感的心，所以，自然属性里的四季轮回，都在她的笔下呈现出来，完全没有违和感。看这首诗：做青草池塘边的一只蛙 / 做月夜麦田里的一只虫 / 做午夜紧闭门窗还瑟瑟发抖的胆小鬼 / 做一个纸糊的红灯笼的灯芯 / 做长街连绵不绝的执着的雨水 / 做捅破梦魇的一支生锈的戟 / 做透明的爱人 / 做一次轻轻的吻 / 做地狱里牛头马面的神 / 做下毒颤巍巍的手 / 做道貌岸然的金权杖 / 做折翅而中箭穿心的天使／做默默无言的一阵风下／颓然背影一饮而尽的一壶酒／做不敢爱不敢恨的苦行僧／脚下的雕刻莲花的石头／做八字胡侦探只穿的黑色风衣／做个欢脱的孩子／北跑东跳西进南出。很有意味的一首诗，这该是蕙侨作为诗人的一种生活态度和生命境界的体现，同时也是对世间万物的一种观照。整首诗字里行间跳动着悲悯之情，亦有对芸芸众生的尊崇，也是对生命本相的参悟，正所谓一花一世界，一叶一菩提。更加难能可贵的是，蕙侨已经有了自省意识，我们不能苛责一个小姑娘达到一种圆融无碍的境界。

收录到《星星在水中流动》这本集子的190首诗歌中，抒写青春苦闷的占据了很大的比重。比如郁闷时，蕙侨写道：我穿梭在风景中／沉睡的青春／猛然惊醒／山风与海涛依旧如往昔／流过再多泪的爱情／终究是一场／无果的修行。诚然，青春期有着任何人生阶段都不可替代的伤痛与迷惘，而少年人的烦恼里是带着清纯与忧愁，也带着些许矫情的。我在蕙侨的诗里更是读到了一份真诚和善意，甚至还有禅意。修行是永生永世的事情，蕙侨却在涉世之初，就开始抚摸到了生命的底色。基于此，在一首叫作《如常》的诗中，就出现了这样的句子：孤单 无助 不安都太如常／回首望望／多年的经历都太平常／敷衍 苛责 咒骂都如常／谁不曾受过伤／的确是只有一个月亮／但谁知道它照着几个镜子梳妆／别怨了 别怨自己／世事依旧如常无常。看似简简单单的一首诗，叙述的语句也是平淡无奇，可是，倘若你静下心来细细品味，便会发现作者仿佛一个大智若愚的导游，把读者带到了一个心无旁骛的清凉之地，那份处事不惊的淡然让我觉得似有无尽的意味在其中。很难相信这些意蕴颇深的诗歌竟然出自一个 20 岁的小姑娘之手，那些颇有哲理的诗句，很有受教之感。

从蕙侨的写作经历来看，从创作初期的直白语言到后来的象征、隐喻的熟练运用，她的进步是显而易见的，虽然有的作品还显得稚嫩，但也说明蕙侨还有着巨大的上升空间。

当今时代物欲横流，诗歌作为一种难以饱腹的精神存在，其实一直在被现实社会无情地驱逐着，柏拉图早在两千三百多年前就曾试图把诗歌从古希腊共和国驱逐出境，但诗歌却以任何文学样式都替代不了的形式坚挺在我们的生活中，足见诗歌的艺术魅力。我想，有幸读到这本诗集的人，都是与诗结庐的有缘人，诗歌一定会使你的人生充满奢侈感。

微微风簇浪，散作满天星。

目录

桂香伊人

桂树摇

桂花香

婆娑月影动清波

一棹兰舟入幽梦

梦断高阁

伊人可在远渚上

拈桂望兰舟

2013 年 9 月 30 日

架一座桥

在岁月里行走
偶一抬头
遇见你的笑
微勾的嘴角是月牙儿在摇
人同此心 心同此理
诚心天地共鉴
只须架一座桥
便能把莲叶样的圆满捞取

2013 年 9 月 30 日

因为

我的心已与他的心
丝丝缝合
不因为他的笑容
清浅温暖又慈爱
不因为他的眼眸
深邃平静又温柔
只因他的脑海
曾停留过我最纯美的倩影
如月光的澄澈
如山林的葱茏

2013 年 11 月 3 日

错过

我错过

花满枝丫的昨日

而你

错过我的甜蜜与悲凄

也许 世间种种

终必成空

多年后回首

那些年少的痴情

悠悠 只剩岁月和流年

2013 年 11 月 3 日

无怨的信仰

雨雪霏霏 如泪
我深知 我已来迟
但爱的本质如一
我坚信 所有的
谦卑与温柔

在那遥远却单纯的源头
青春无怨去追溯

在无数漫长痛哭的夜里
试着将你藏起
温暖却潮湿的梦里
别人 永远永远
无法触及的距离

2013 年 12 月 15 日

冒险颂

要笑 就得冒着显得愚蠢的危险
要哭 就得冒着显得脆弱的危险
要爱 就得冒着不被爱的危险
要生 就得冒着死去的危险

长路漫漫 冒险为伴
形影相随 紧紧依靠
恐惧畏难来了 退却吧

不 因为不冒险便是最大的冒险
有些人是温室里的花朵 不冒任何危险
或许可以避免受苦和悲伤
却也平庸碌碌 一事难成

别忘记暴风雨中的海燕
只有敢于冒险的人才拥有自由

2014 年 1 月 2 日

若再相见

整年日夜思念
只想接近温暖
你本是向导
曾说 会带我走

携手踏清风
看高天里的云朵 蓝白
还有麦芒和池塘边
倒伏的金色

若再相见 那个清晨
我笑 因为如梦
竟是你风尘仆仆
原是我乘车远游 看到
野外独放的花儿

若再相见 那个傍晚
于是 眼神专注
拥抱抑或是行走
看晚霞如同焰火一般
结果在莲荷深处

2014 年 1 月 20 日

遗忘

一寸寸的记忆
那样鲜活的昨日
让我如何遗忘

在大地与苍穹之间
铺展着我的爱
起伏如松涛万顷
无边无际

亘古传唱的长调
是我们彼此相对
哭诉生命的寂寥
无声无息

蒲公英与泥土
将多少秘密深藏
无人知晓

抑或早已被遗忘

2014 年 1 月 20 日

无果的修行

我穿梭在静默的风景中
沉睡的青春
猛然惊醒

山风与海涛依旧如往昔
流过再多泪的爱情

终究 是一场
无果的修行

2014 年 1 月 22 日

此路

此生必走此路
你曾对我说
我冷漠又炽热的灵魂
将信将疑

我策马渐行渐远
月光下你的背影却开始明澈

在生命的疆场 勒马
终于 仿佛大彻大悟
此生必走此路 不论
怨还是不怨

2014 年 1 月 22 日

错

我把生命的花语刻进石头里
不开花是花的错
不雕刻 却一定是我的错

这一生要怎样活过
以初生芽的感情 泪水
浸泡同样稚嫩的诗作

以血肉之躯 飞蛾扑火
柔软又微弱的光 根本
没有对抑或是错

如果彼岸无树 那满山荒芜
唯容不下腐烂的错误

2014 年 2 月 18 日

情短情长

遥远的丛林中卧着一只花豹
牙与皮毛都已衰老
舔食着草地里缓慢移动的蝼蚁
十四年来 大致只欠一死

猎人也有苍老的泪水
只是从不为敌方而流

如今 同老的脸相对
泪却默默垂

2014 年 2 月 18 日

妄想

当暮色已降 终于
可以容我胡思乱想
走过街角的你
会不会把我想起

天堂鸟可以插翅飞翔
那么请你为我的余生
停留一个长久的片刻
短暂的永恒

穿过拥挤的人群
异国的人们谁会注意
你阴暗的面容和街角
那一刻 心中刹那的疼痛

我歉疚而忧伤
却无法阻止你行者的步伐
在记忆中升华我的爱
就像两地的灯火那样辉煌

2014 年 2 月 26 日

男孩的愿望

四合院住的老车夫
有个画画的儿子
安静胆怯的勾线笔
在指尖慢慢游动

画一个月亮高高挂天上
画一个姑娘抚慰我忧伤
画一个黑夜点亮了星光
画一个贝壳寂寞了海洋

风一吹动 树影婆娑
男孩早已不知去向 只剩
那张翻动的孤独的图画

2014 年 3 月 3 日

畅想

远山的迷雾还未消散

夹岸的柳绿桃红

却黯淡了初始的光

你在何方

我以清纯换一颗真心

如以一片枫叶

换整个世界的五彩斑斓

以及我们出生时的夏末秋初

彼时一别

余生会不会就真的

再也不见

待春日娉婷 云水婀娜

我已种下多时的脆弱的希望

但愿花开早 能将夙愿偿

2014 年 3 月 3 日

融

沉默的广阔天地

流动的潺潺江河

在岑寂之夜

与我以梦相通

棱角分明的面庞

与轮廓清晰的躯体

妙美与明快 英俊与爽朗

所有的所有都会老去 逝去

我爱的和不爱的一切

总会有那么一天

融于古老的岁月 永存于昔日

有些事本来一开始就注定

天地与我并生

万物与我为一

2014 年 3 月 12 日

对峙

我以为未老的永恒的
春天 又一次包裹冷意
那么多无从回答的疑问
不必在秋叶的碎裂声中响起

瞬间的徘徊和停留 有无数
模糊和清晰的影子飘来
这其中一定包含满满的
欣喜抑或是无尽的悲伤

总有一些人和事像这春天
慢慢浮现或渐渐隐没
再回首 再留恋 再惘然
无论如何对峙 绝无胜算

当阳光的剑横扫万物
哪怕是浅浅的纹路 缠绵轻柔
无益的对峙 终于是
寂灭 终于是平淡

2014 年 3 月 13 日

记忆

是夜 是寂静的抽丝

是月 是皎洁的幽蓝

再怎么妥协地滞留索求

也抵不过时光的擦磨

当天空的忧思

碎成一地的不堪

幽深曲折的峡湾

和一座座山岳冰川

终是以风沙掩盖足迹

以躁动吞没安然

唯有那些永不老去的记忆

再望一眼 那么斑斓

2014 年 3 月 13 日

你是一切

你是我指尖的沁凉

你是吹过我发丝的风

你是在月圆之夜落在我窗台前的

那抹月色

你是我心上纷飞的细雨

你是我落于记忆的雪

你是在暮春之时探听我内心秘密的

那些柳絮

你是我儿时的笑靥

你是拂过我耳畔的歌

你是在明媚之日停在我肩上又飞走的

那只蝴蝶

我不会拥有你

因为你是一切

2014 年 3 月 20 日

那么一天

希望有那么一天

永远不做虚假的自己

把枫叶夹在书的扉页里

披着长长的头发乘舟采荷去

希望有那么一天

永远不再懦弱苟且偷安

荡起秋千 让露水飞到我的脚面

牵着高高的风筝奔跑在旷野

希望有那么一天

永远不必做厌恶的事 不必见厌恶的人

永远永远比永远还远

激扬文字 一吐为快

一定有那么一天

能用我所有单纯的爱恋

换一个永不落泪的春天

2014 年 4 月 1 日

不变

如云层般涌来
镶着金边的昨日
依稀可见

无涉寂寞 无关风月
我已站在这山巅云间
日升鸡鸣 晨雾终是要散去

纵使半生过后 蓦然回首
依旧惊诧 刹那倾倒于
那些难以描摹的绝美风景
和难以触摸的温和面庞

2014 年 4 月 2 日

空山

终结悲戚
且等尘埃落定

只剩一座空山
好风皓月
和鸟喧花静的对白

岁月逝得太温柔
即使回首
即使白头

2015 年 2 月 23 日

旧诗篇

车马流云都慢时
大把的时光都为了
窗明几净

不断撕扯不能完成的诗篇
正如击碎了堂而皇之的诺言
总嫌这海棠花开得太晚
疑惑最初的选择与舍弃

亲爱的朋友 我们已经
无法回头 更难再向前走
也许我们今生注定
一无所有 并一无所求

时光啊 你不会慢些走
所有的记忆啊
大都是睡着睡着就老去了

2015 年 5 月 18 日

鱼的忧伤

天空又洒着雨
街角的牛排香
在薄雾里飘散

被揉碎在路灯中
昏暗的光
不屑的眼神
扫着我通红的脸

没有一个密封的空间
可供躲藏
没有一片寂静的土地
搁置灵魂的躯壳

山峰如故巍峨耸立
我来不及为昨夜泪流
河流依旧奔腾不息
我没有倒退的权力

在泥泞的道路旁
你永远不会知道的
就像鸟雀不懂鱼的忧伤

2015 年 6 月 26 日

午后

背着旧吉他的少年
把眉角的不羁塞进夹在指缝的
那根香烟上

抱孩子的老婆婆
在树下乘凉
咿咿呀呀
声音穿过了这个小巷

来往的公交车
载着各色的乘客
好似奔赴某一条无尽头的路

太多事都远了 远了

毫无希冀的平凡
也许正是我苦心的追逐

2015 年 6 月 26 日

有时候

相见离别有时候
何苦望断南飞雁
巴山夜雨声声
从古至今
敲碎多少悲欢离合

乱世盛世有时候
铁马长缨烽烟四起
马革何须卷尸还
家国爱恨
沉淀多少恩怨情仇

暮色苍茫 天高云远
万代兴衰演绎
断代缩影枯等又一圈年轮

回望悠远历史
结缘后落地生根
有时候
茶冷 人事分

2015 年 6 月 30 日

将军老

美髯公的偃月刀
掀过雕鞍的那一刻
你的历史似乎才刚刚开始

不知是做英雄宽慰的陪衬
还是白发苍颜的坚守

能开二石力之弓
神箭堪取上将之首
你的忠义又岂止在那盔缨之根

韩玄死得仓促而滑稽
怎奈儿黄叙早亡

一场空梦 落了个降字
甘做五虎上将

久经沙场过宝帐
少人歌颂少人扬

风烟俱静处历史的回声
我依稀听闻

人老雄心在
年迈力刚强

将军老矣
将军远未老

2015 年 7 月 3 日

遥远的名字

起初不过是一轮月　　　　　　　　那一轮月
悄悄挂在江边　　　　　　　　　在滂沱的雨后
那步步紧逼的日子　　　　　　　我终于开始自怜
使人焦头烂额的琐碎　　　　　只是匆匆翻阅我们一生
如仓促掷下的锚　　　　　　　　终将错过的章节

根本无从去追溯　　　　　　　　日子不可长算
仿佛了无痕迹或是被风沙修饰　不允许随意猜想
多少往事沉淀成空言　　　　　执拗的等待中
朋友 你是否还愿举杯　　　　　只有岁月顺流而来

在纵情欢歌后　　　　　　　　　只记得你的皓齿明眸
嘘寒问暖　　　　　　　　和在沙滩上赤足奔跑的快乐
殷切地劝酒　　　　　　　　　　想必月色下的低垂
只对着遗落在天的一角的　　只缘于星空中轻微遥远的名字

2015 年 7 月 16 日

若鼠

没有风雨雷电
供养我的洒脱
只有暗夜的阴冷焦躁
嘲讽自足的小鼠

我如蜗居在洞穴
在那一朵雏菊前喟叹
不知是哪些年月折叠的感动
吞声忍气统统藏进地缝

我想我也是一只鼠吧
只是一只鼠吧
忘记偷食了谁家的黍
在大街上逃窜

我珍惜我灰白的皮毛
那是前世狐狸褪下的华丽的漆
仰天长啸后
却只有一片树叶旋转缓慢飘落

你要我怎样才能够快乐
只在晨朝非日暮途穷

2015 年 7 月 25 日

树枝上的蓝花

不悟 不悟
空门可曾沉重
绝情可曾逍遥去
弟子万劫不复

皆空 皆空
欲与求尽摈弃
怜惜不足惜

仙缘浅 俗念长
断也罪过

夜已深沉
月上梢头山无色
这一世
紫色僧袍摘得下那
树枝上的蓝花吗

2015 年 7 月 31 日

雨峡

峡谷朦胧就如同在梦中
不食人间烟火的仙人
似乎将要从云雾中飘出

游人在游船上淋着细雨
阳光不忍轻易露面

附着在石阶上的绿苔藓
喜阴滋长
云外天边的某座佛像
静心伫立

抚摸着湿漉漉洞穴的内壁
漆黑却神秘得吸引人心
仿佛要通向灵一般的天地

有希冀静默千年的雨峡
真的期待游人如织吗
满山花木翁郁
是否向往天涯

白鸽盘旋飞舞的广场
我的心就此搁置眺望

2015 年 8 月 1 日

六尘

不是未曾妄念
是啊 我只是一个凡人
不能像佛陀一般静坐千年
断却尘缘

也曾执念
也曾释然
波澜不惊拈花微笑的长者
是否隐居在林间

一叶落知秋
生命有生俱来的落寞与苦涩
怕是经不起喧闹的推敲
界外的折磨

生无神力

又怎么能聚集温存的点滴
何况终有一天走向可飘散的
灰烬
一生一世 有何所得

不过是颓然退让 死生轮回
徒以烈酒肉身祭奠一代代英
灵

不怪我们被驱逐
要怪我们六尘不改
魔债与情爱 苦苦执着两端

铭记于心
却不如淡然释怀

2015 年 8 月 4 日

成风颂

旷古吹来的风
可否载着我去溪水潺潺的远方呢
我只想奔离
远眺

难道真的被岁月遗失了吗
蹉跎流年似水
信奉凭由命运牵制左右
让毒酒灌进我干渴嘶哑的咽喉

是掉进了泥淖吗
眼看日上三竿
挣扎着 下陷着
猎人怎么也听不到我的呼喊求救

只求着时间滑落指缝
无助错过应有的相遇重逢
自顾自地嘲讽
理想 有哪一刻没有被埋葬

不甘平庸
却如同涌入平庸的洪水
人潮人海
意志在摩肩接踵中消磨

鼓励和期许何尝不是压力
自责和恐慌如同心魔
不眠的夜搅扰着纠缠着
一刻却也不愿堕落
只剩无可奈何 力不从心

可以赤足奔跑的金黄色沙滩
月华如练洒落的夜色长廊
柳絮迎风飞起
只在倾塌的一刻闪现吗

等我在林中长椅坐下歇息
风是否会吹拂我的苍苍白发

成风兮 成风兮
裹携花香
吹雨卷云飘散大地

2015 年 8 月 6 日

稻草人

扎根沃土
无视风霜
只等秋天稳稳当当地来到
守望一片金灿灿的麦田

只是农民的帮佣
疲惫 却滴不下一个汗珠
所以 你更没有眼泪

乌鸦喜欢落在你的肩膀上
不去偷食
是商量好的吗
一点响动便一哄而散

你寂寞吗
只会微笑着迎接朝阳

张着双臂拥抱天边最后一抹晚霞

你不能向往不远处紫色的山峰
更不能俯卧大地
静静聆听旷野的风声
这一生都寸步难行

我与你对视良久
我问 你却一言不发
职责宿命还不曾迁就于我
你的眼神又为何失了明媚呢

我想你的心至少是亮的
就在我抚摸你的片刻

2015 年 8 月 8 日

故里风

听说纯良的人不会嫌弃故里昔日的荒草

被如今的风拂动

娇宠的童年夏天

竹扇被慈爱的手摇晃

窗外是永恒的蝉鸣

似乎一直在那里

爷爷和我眉眼风中带笑

安静地封存于清净的遥远的夜空

摘星星去吗

梦里再也没人这样问我

用一朵黄色小花遮住一只眼

只穿粉色纱裙的小女孩子

似乎是溺水了一般

长大的容貌打扮才是最可怕的

高贵平淡地行走

仿佛天涯在手

我想我是忘不了故里的

哪怕破败的石椅东倒西歪

杂草丛生 野花枯萎

待秋风拂过

在邻居搬家之后

恐怕不值一提

恐怕随风逝去

再穿上我粉色的纱裙

这棵榕树下

故里的风

吹我裙摆

只我一人铭记

2015 年 8 月 16 日

飞蛾

你知道什么是火焰吗
熊熊燃烧着的一团
那是什么

当雨珠沿着屋檐滚落而下
我想它已经不在意那双白色翅膀了
湿漉漉像失明孩子的睫毛

于它而言爱恨交织的才叫夜晚
赞颂与惊愕只会让它犹豫抉择
它是自愿的 不甘同情的
燃烧了 却不会褪色

我们不断讲述着连我们自己都烦厌的故事
我想是我们遇见的飞蛾太少
夜幕之下 火堆之旁
我们只须冷漠地走过

所以终于我们无法壮烈到不堪一击
如同众目睽睽下跌落战马

在风沙中眯眼的片刻
总算像个英雄

在满月的光华下
一只飞蛾微笑着扑向烈火
我们依旧只须像从前那样
冷漠地走过

2015 年 8 月 18 日

灿烂与黑暗

至灿烂于黑暗

至黑暗于灿烂

黑暗与灿烂

恍如隔着时空般遥远的距离

窗外随风颤抖的瓜藤啊

易枯易荣

于你而言悬挂累累果实是灿烂吗

落地迸溅的浆液

是你心灰的黑暗

煞有介事

你笑称这是人世的爱情

可以伸展妙美身姿抽拔枝条

远方平林漠漠

月色便是情郎

我只想你是我的朋友

轻易又规律性地疯狂

当欺骗的谎言华丽又温存着你被扫动兴致的心

我还没听你哭诉黑暗

这个薄情寡义 却让你爱到骨子里心痛成魔的光

我想可怜的你一生也恨不得灿烂

毕竟是带刺玫瑰夺了你的芳香

绿色的果味 永远不能和皎洁明亮的月亮相协调

自在的心碎吧 这也是你料定的结局

黑暗并无罪过

错在灿烂

2015 年 8 月 21 日

迷途不知返

我们同样万般蹉跎岁月

如同只是坐上了锈红色的公车

骄傲地以为不必轻易被前路忧伤

心怎么也不像铁器坚强

似乎是注定失败了

在丛林峡谷 在车窗挥手作别呼啸而过的风景旁

珍视着只会减少不会添加的小小行囊

一直从怀揣梦想开始 到怀揣疲惫

可以一直张望

延长生命定格片段的篇幅 摔杯为号好了

闲置着双手双腿尽情倚靠

直到从好奇张望 到情不自禁地哼起一首歌

似乎是辈辈传颂

等我们失去了稚嫩的童声 又失去了青涩的嗓音

我们双唇颤抖 却会更爱歌唱

有人告诉你这是迷途吗

我问邻座的姑娘

她说起宿命 就如同是在讲述一个童话一般快活

此时此刻

前座打着瞌睡 后座吹响了口琴

为何我们世人都爱长醉

是美化版的逃避啊

即便是阳光倾泻却流不进车窗

我们身处迷途 却不知返

2015 年 8 月 21 日

黑夜传说

黑夜

请你自由地吞噬吧

狼在日落处嘶号

白昼守时地退缩比三舍还多

我有一个传说一支歌

只能献给你深色心胸下笼罩的躯壳

是我等待已久的王者

荷塘沉静无声

庭廊空空荡荡

温柔的鬼魅会不会登场？

今晚让我以新茶会友

第一碗浇洒大地之旱敬奉上苍

浇我胸襟

我是孤独的浪人

把口琴漆成黑夜的蓝紫

你们听啊！

是我在树梢头唱情歌

无情的我挚爱大地

无论是它温柔的清风还是森冷的骸骨

它是我一世的情郎

为这月色如洗

我正含着风

沐浴更衣

2015 年 8 月 27 日

如何

如同雨滴流过窗玻璃
如同蜗牛爬过树叶
如同火车驶过平坦的原野
我知道 生命就是这么不着痕迹

我不该流着泪在翌日船舶就会聚拢的空荡荡的港湾
我更不该微笑
在夜夜笙歌呼啸驶离的某天黎明用记忆和过去混淆视听
人们挂记我何？

我在寂静地压榨
一路上所有我见过的温和和称职的敷衍塞责
轻飘飘将被北风卷走
昨日渡口明日在舟
至此我们聚少离多

乌鸦就喜欢在漆黑的树林里欢叫
浮萍离不开湖泊
故人不愿知晓我的心事
我又能如何

2015 年 9 月 5 日

逐日

其实我也很想知道
攀爬岁月的山脊要多少个年头
才算上是睥睨

我想朝拜更崇高的殿堂
我想俯瞰庸碌
可以挥洒自如的是豪放
这也许是多年来流泪的理由

没有什么华丽的掩饰
所以虚无的人开始饥不择食
可惜只有壮士的手杖才能化作桃林

必定会有一天
先辈传颂的伤痛减轻
我狂饮着大大小小的河流来解渴
尊贵与朴素在山涧和谷底经年回荡
落败者艳羡 嘲笑者汗颜

我一步一步揣度堆砌
在烟蒂脱手的一刻歃血
我坐定逐日的英雄

2015 年 9 月 14 日

门外

当你已关我在门外

那么，过去的事不必再提及

生命就这样趋于平淡

彼此避免着，哪怕是顷刻之间的交集

我在凉风习习的夏夜安眠

一觉醒来就已经是深冬

厚棉衣的影子印在墙上

我退出你的视野，从生着炉火的屋子走出门去

到暴风雪肆虐的室外

我看到松枝上挂着棉帽子

我的脚刚刚陷进雪里

我等到太阳即将唤醒融化冰天雪地

我没有了焦灼也没有了思念

同样不再寒冷，也淡忘了门内的你

还有什么值得思忖叹息

你的马儿已经饿死了

那根曾经挥动在草原上的马鞭

在火红的夕阳余晖中贴着残雪

一个在门内，一个在门外
从此以后再也不用粗气红脸地争论一片枯黄卷曲的落叶是从
哪一棵树上飘落

我正迎着一位异国的诗人
他说关在门外的人和记忆，聪明的人一生也不去回溯

2015 年 9 月 18 日

小六节

我是一个注重回忆追溯的笨人，我相信没有第二个人是我这样的无聊并于事无补。

可能这些工作的成果就是将自己彻彻底底地感动，原本的萍水相逢就偏要煽情起来，弄得轻易的别离都痛彻心扉。

其实我是知晓的。

也许故人于我浓墨重彩，我于故人云淡风轻。

一

从一开始便不是珍贵的灵性

注定我寻找不到大地的动脉

用发涩的雨水解渴

藤蔓向我聚拢生长，企图围抱我

它们想要开出紫红的花朵

吸引蝴蝶蜜蜂，赢得主人的欢心

却偏偏结了葫芦和瓜

它们无心于我 我开始思考

二

没有长矛 我就斩不断下一个遇见

刺穿记忆过去 长醒不眠的怪癖

终于所有的人都遗忘了我

我成了他们眼中的化石

而我还记着他们

长发，领结，圆眼镜

我从不混淆

各色言语，各色微笑

三

我要再一次挥手告别

午后的风吹着尘土

我上了一座桥

上一个秋天就在桥下

口袋里还放着去年的酸果

结它的树不知道让哪一个故人砍伐了

难不成是去做棺木

四

泥土中插着篱笆墙

恶狗在小胡同口狂吠

黑色的云飘来停在冒着炊烟的房顶上

许多冬天的寒冷夜晚

都伴随着饥饿的焦虑和饱腹的安慰

灯下的影子摇晃

田埂好像在流动

五

我似乎已经连续多日嗜睡了

在岁月不断地被吞噬的过程中与梦魇中的故人打招呼

他们在褪色 在黯淡

他们从不打算察觉回味

他们被时间无穷追赶着

在正午时我翻晒棉被，从太阳的光晕里汽车鸣着笛飞驰而过

在我的脸上留下细微的沙尘

六

昼夜轮回着

我恍惚记录着人们的欢笑眼泪和愤怒的神情

也曾迁就遗漏

我拿出口袋里的酸果在裤腿上蹭了蹭

咬了一口

泪就流了下来

2015 年 9 月 19 日

狂想曲

在白昼的左侧深夜正独奏着乐曲
那只有月亮的眼泪淹了一个湖泊
熄灭了一只红烛

我被风推着走
在记忆里的长廊种上盘曲的树藤
鼓起丁香花的花苞做一面帆
往太阳的炙热飞去
让太阳光的瀑布把我的皮肤浇成黝黑
吃蘸着微风细雨的云朵

听天空的微笑随流水漂泊无定
山色粉黛
钟声敲了整整三下
我也不必回家
只要赶在候鸟之前到达光辉洒满的海岸
被海浪吞噬
再被它奋力吐出
远远地落在寂静的夜空

再次点亮红烛
用微弱的光照亮一颗又一颗星子

星河闪耀

让我披上黑色的斗篷

穿过红松林

拜访隐居在谷底的月亮

地上的村镇都笼罩湿润的夜色

禾苗抚摸着培育它的肥沃泥土

仙子的魔法棒挥动

古老的秘籍缓缓展卷

我知道了

所有被泥土尘封的威武将士都曾有权倾朝野的迷梦

所有在牡丹花下醉酒的倜傥文人都曾向往过熏香风流

我知道了

听独奏曲的往事

沐浴月光

坐在湖泊边垂钓

不该老去的总是最易老去

想要保留的常常是一触及碎

我知道了

自古以来人们爱狂想的理由

2015 年 9 月 21 日

士兵和花束

枪支和花束一排排竖立在路的两边

硝烟和芳香吸引不忍分离的情人

哪个姑娘接受了一束玫瑰

她的情人就要挨枪炮

夕阳的血红就这样被染成

士兵冷峻的脸在云朵里若隐若现

历史就睡在了风里

白雪纷飞的季节

踱步的人老是思念姑娘的红裙

开始醉酒在夜色盛满酒杯之后踉跄迈起舞步

花束被几层彩纸包裹才可以抵御寒冷

抢夺春天的人们呼唤着野性的纪律

列队的荒草没有石块的生长速度

没有人知道老旧生锈的勋章意味着什么

通信兵也老了

将轮椅停在大海的礁石上

他的白发却有年轻花束的芬芳

战场已经变成了宽阔的道路和晚辈新盖的城墙

是有一个曾经

风卷沙尘吹在年轻士兵英俊的脸上

那一刻

姑娘不爱花束

2015 年 9 月 23 日

马戏团

钢丝平衡杆上挂着小丑帽

独轮车表演者和驯兽师争论不休

是谁的表演让哭闹的孩子安静下来？

绅士的礼帽

老鼠在小洞里偷吃昨天观众丢弃的坚果

童话大王挂着拐杖从森林里出来

小马驹奋力跳过长板凳

因为它知道这样能得到干草

踩高跷的人肩膀受了风寒

八哥在空荡荡的观众席上睡觉

它似乎是望累了夕阳的红色

它要在夕阳的红色里找它绿色的羽毛

黑夜让天窗失明

钓鱼的老人钩住了月亮

所以马戏团撒网要打捞河里的星光

猴子流汗

香蕉还长在树上

2015 年 9 月 24 日

一天中最爱的时候

和风从清晨吹到日落西山

还没红透的石榴吮吸日光

纱窗上落着尘土和苍蝇

仙人球喝水的时候也不收起它黄绿色的刺

上一秒我立在窗前，悠闲得像一只懒猫

这是我一天中最爱的时候

我记得自己看海的时候从不去想

一只黄昏中飞翔的海鸥

离水面太近了

是不是由于疲惫

如果可以我的房子就是方舟

海浪袭来

就让海鸥在我的肩头歇息

我想起某位先生

总是红着脸微笑

我不知道他是太热还是想哭

屡次三番想问

却说不出口

也是在黄昏时候
我宁愿跟他讲山中的老僧

有饭香却还是饱腹
我搜罗书籍
为衣食盈余盖章

握了一天的诗集
终于挨到一天中最爱的时候

2015 年 9 月 25 日

看客

在许多昨天都不省人事之后

乘凉的人在树下冻醒

疑惑季节的变迁

在同一个黑夜里

有馒头吃的人咬到手指

没馒头吃的咬手指

所谓的生命就在两眉间滚滚而逝

我像一个看客

我形迹可疑

衬衣洗久了就厌恶干净

迟疑的我还要穿着它走过明天的街道

那儿像个溜冰场

上午徘徊 下午徘徊

穿梭日月无光

我去过公园

将暮未暮

天空 蝙蝠集群涌来

同来的女伴拽着我的袖子往外逃

我看到恐惧长在她脸上
我们还不曾到深山去

一向圆月都又高又亮
把我的影子拉得又瘦又长
我做黑夜的看客
翻过山头追随月光
却看到太阳已经挂在东方

2015 年 9 月 26 日

佳节

是谁推开月下的门
在十二点前的光辉照耀之下？
尘土粘在蛛丝上
螺丝掉在草丛里面

急切团圆的人们编写祝福的话语
街道上行色匆匆
饭局
饮大半年积攒的辛苦酒达旦
扫来年的雪
礼品店里热卖温暖祥和

年复一年
应用短信再走流程
手机屏幕上映着比月亮还圆的灯
我们分享礼数

其实我更愿意一个人看月亮
对影成三人
李白嘲笑苏轼不胜酒力
梦很软
远走他乡

2015 年 9 月 26 日

问候

千里迢迢跋山涉水
客舟听雨
只为见到你
与你在夜夜笙歌的庭院
把酒言欢

我问候昨日
在半醉半醒之间
在山峦吹拂过清风
在游子深深的叹息里

孤独的人学会笑看天地团圆
许多年
你醉酒后习惯倚我的肩
在茫茫人海和草原
人影和马匹聚了又散

昨夜钟声 今日歌
知交随枯叶零落
我的问候在远山近水处遁形

2015 年 9 月 27 日

去布拉格

去布拉格

去找奶奶画册上的雕像

去 1948 年，在诺瓦克医生和爱人的草地上骑单车

日复一日 把所有的风铃都涂上卡其色

烟火挂在电线

我们把爱埋在土里

以为悲伤会消散

在萨斯卡大街上

战争摧毁了一切东西

我们也为生命的无奈流着泪

但伏尔塔瓦河不会消失

一人在河边雕像下

等另一人

去布拉格

一等就是一生

2015 年 9 月 28 日

雨夜缩脚诗

夜

星空

含着月

芭蕉落寞

藏一个时节

游子思念故里

丢一寸月光在水

笙箫隐柳独坐长啸

牧牛捣衣人劳作

偶过红烛岸边

光景又一年

离歌一曲

知交落

听风

雨

2015 年 9 月 29 日

一朵蝶

上一世

蝴蝶一定是花朵

是含着蜜水的花朵

木栅栏以内

一滴露水，在或清晨或傍晚在或重或轻的梦上绽放

我们撩起裙子，走过

无视它的芬芳

它静默地守望

忘记夏天的青草是什么时候变了颜色

其实它已经烂在了泥土里，饮露水

这一世

没人认得它的蹁跹

更听不懂它醉于云水的故事

秋天的夜晚

总会让我想起一个女孩

她称蝶为朵

2015 年 10 月 1 日

明天和结局

我不愿去想明天

总觉得这不是我的结局

直到所有人都有了下一站的归宿

唯独我

欢笑泪水抛下我

跪着爬着留在原地

疾驰而过的人丢下帽子给我

黑暗会收留没有未来的可怜人吗?

曾经

我对着大海说自己不够广阔

对着高山说自己不够巍峨

如今

我在狭小的室内生炉火

期许的眼睛都红肿了

火燃烧他们的睫毛和泪

再没有谁替我讲励志的故事

大海和高山都太沉默

在许多未完的故事里
回望身后的万千山路
时晴时雨

巨大的悲哀和梦想
萎缩着
要同归于尽 同归于静

某一天
我同六十岁的诗人谈起衰老
仿佛明天和结局早已经拟好

2015 年 10 月 3 日

两年前

两年前

相信青天高黄地厚

看见古道就想到尽头

却从没想到留恋与舍弃

因为那时我就不会申述

两年前

没有谁左右我的思绪

风要柳叶到桥上去

朋友出了门就不归来

我还能猜测明年的花香

两年前

我家门口繁华歇

卖豆皮的老爷儿夜夜叫卖

越是冷天 小面馆里越是热气腾腾

两年前

我并没有亲人再离世

也没有在人海里甄选要相逢的人们

我没有什么聚少离多的道别故事可以反复无常讲给自己解闷

两年前

我独独痴迷那些褪了绮罗的非平即仄

胸膛里都是滚烫的火

看夜空最冷的星细想

谁似任公子云中骑碧驴

未见日暖月寒煎人寿

两年后

我无心日落或日出的暖光

去过了古道，明年作今年

吁然叠加落寞的人事

两年后

远方依然属于迷茫

但我听死寂的歌也不会再流泪了

2015 年 10 月 4 日

森林谷

黑色山和明亮的水流

枫叶的红隐退在茫茫的青色中

不到六点

转眼就看见星斗

沁凉的野风

还像正午一般

只有气温降了几度

穿半袖的光头胖司机喘着粗气

我们在黑暗中行进 出了森林谷

两旁的树都探出头摇着手

我的指尖不觉十分麻木冰凉

前路并不笃定

可还是要接着走

2015 年 10 月 5 日

小人物

黑夜中

长着牛角的小魔鬼叼着纸花

它迈转舞步分身飞旋

我已经到了看见沉默未来的年岁

那来自于角落里的深深叹息

我就此臣服了

关于命运 关于好坏之分

关于一输到底的事迹

亲吻脚背上的尘埃

埋在沙发里的躯壳总算陷进酸涩的泥淖

终于长出了一口气

钉子鞋都湿透

剩菜和馒头在桌上凉透

看客混合观众后

小丑说：你本是尘土，终要归于尘土

其实就是像尘土一般卑微

又有人花光了所有的幸运顺坡滑下

仅仅是一个忧郁的性命

烟头的微光

像流星赶月

2015 年 10 月 15 日

我见过树龄两百载的树

我见过树龄两百载的树
喝过墓穴里的酒
只是我没有古老的心神

吞噬 吞噬不了日月星辰
侵蚀不了本质
善恶
蛆虫蠕动侵蚀的是薄薄的躯壳
冰山化雪后佛陀回魂

逝去不再的日与夜
接续着未来的甜与涩
我以为一千年前和今天没有什么不同
都是一片土地
都是一片天空
一些人生老布局 病死已矣
都喜欢桂花香自成微风
都厌恶墓地的磷火来回摇动

我在历史之中
就像一滴水
在大海里 不蒸发
也不会寂寞

2015 年 11 月 8 日

独角戏

终于明白

我就在一座孤岛上

惶惶不安

没有人会在乎

我就独自一人自己哭逗自己笑

自己听自己演自己看自己的戏

这样就反而是安顿了心

为无数个故事念白

起始就是一种终结

在还未到来的不知是多少岁月里

慢手慢脚

尽可能地蹉跎

明天意味着重复

没有期许没有等待

管他什么旦夕祸福

鸟飞过船只也远去

所有人都与我无关痛痒

赞美讨伐都只是一个人的私事

在孤岛上坐卧吹风

宁愿阳光也不要打搅

我的独角戏和时光

2015 年 11 月 21 日

这样就好

（写给两个朋友）
所有在记忆里住着的人
实在是温存安逸又明朗
我只要消磨，只要相抵，只要陈旧破碎的过去
就不会去想久别重逢 想物是人非

在半睡半醒间，在温热的迷蒙里
做它的幸运儿
做时光倒退的拉锯
如何都是一天
天涯虽远
是脸颊都那么清晰

散而不忘
这样就好

2015 年 12 月 1 日

血色弹洞

于高岭上持枪

背对着山色苍茫

昨日有人用冷水浇头

今晚饮马正在此湖

荧屏上的英雄

都嵌着血色弹洞

风光沉寂

绷带或青冢

可是谁又能对着过去放枪

在消音的映象里

红肿的鼻腔在寒冬里喘息

桦树枝的末端挂着些许将要飘浮的忧愁

多想打破寂静和恶性的轨道

一道弹痕

唤醒曾经的我

给过去和未来制造一个剥骨离筋的深深隔阂

血色弹洞

但也许不会是我忏悔至今的理由

2015 年 12 月 28 日

永久的爱

我与她之间的

几束百合

在清晨的早光中太过妖娆

前壁太寂静

后壁成透明

窗外

在海浪之下 腥咸的水努力地涌向岸边

就让我以为一切都重于尘埃

闭上眼睛

世界都不会将我打扰

幸福都在朝我飞来

从心之外

深埋在绵软之中

任何都不能打破沉默庇佑的气氛

安逸着

给予我生命的那个人

永久的爱

2015 年 12 月 29 日

海上

一只小船

在浩瀚的大海上航行

在经历了种种之后

它不再祈祷能躲避过风暴

也不会恐惧海水掩盖的暗礁

它不再幻想风平浪静后的艳阳

也不会在夜晚对着远方的灯塔惆怅

它不再回忆当初的喜悦和尴尬

也不会在一个港口停留过久

它没有快乐也没有悲哀

它没有听众也不轻易开口

它鼓起的帆只随着风和浪

它抬头每一天都看得见云雾

它只想平静地航行

无论明天的月亮圆或不圆

无论是不是去天涯海角

经历一切

都在它的航程之外

就像海鸥只是偶尔立在它的船头一样

2016 年 1 月 6 日

遗失的冬天

丝薄的阳光不时从云层投下一束

穿着大厚棉衣的环卫工人在清扫大街

热豆浆和香油条的早点小摊上有个人费力地给摩托车打火

人们照面就微笑

嘴里吐出一股一股的哈气

爷爷戴深蓝色的布帽出门去给我买一个油盐味儿的圆烧饼

随后用生了铁锈的破自行车送我去上学

路上总是要路过到傍晚就有人围凑的象棋桌

穿过阳光打下的树叶影子

草坪里的雪下了两日都无人去踩

因车祸失去一条腿的邻居老头吃完早饭拄拐回来

二楼的胖叔叔还在梦乡

这种冬天不知道是什么时候变得遥远又沉寂

在眼帘模糊的任意一刻

我总觉得有什么是一去不返

就在那遗失的冬天

2016 年 1 月 15 日

雪日

大雪飞扬
也常让我思绪飞扬

哪几寸白雪下藏着历史掩盖的马掌钉
是不是羽扇已折
这雪便是羽毛幻化而成的呢

侠义的刀正要在雪夜磨得亮
绵软的雪在多少个凌晨遮盖罪恶的血腥气

下过太多场雪
纶巾散落天涯孤冢
寂寥的灵魂已饮了千年百年的雪水
无数次地清洗本就清幽的傲骨

即使寸土相隔 冥灵相佑
如何觅得如此一先生
容我斟酒
且看风骨
谁会在意月明亘古

衷肠无处诉
人人在江湖

2016 年 1 月 22 日

星星安装工

害怕夜晚

害怕黑暗

窘迫得如同被挟持

就在无数个入睡之前

一日此时最难挨

孤单敏感在迅速地凝固着

深深的恐惧和不安

汽车鸣笛声和窸窣音量都会搅扰安定

我似乎明白了自己

是太需要一个不容推脱的理由

熬过黑色的大幕

是瑟缩在厚被里

还是打开灯

以亮光瞬间充满寂静的房屋

驱逐笼罩着大地的黑暗

去给夜空安几颗璀璨星星

2016 年 2 月 5 日

鸟

感到寒冷

感到无所适从

就像一只羽毛受损的鸟

在树林里飞累了

也找不到食物

不知道该怎么做

面对着被风雨摧残过的巢穴

它的小窝

越来越寂寞

厌恶河水里映射的影子

投了石子也不解气

反感别人过与它相关的生活

春天来了

安静点吧

至少是自顾自地无地自容

至少是稀少地聊以自慰

天空还是在的

虽然不一定是在等你的飞翔

2016 年 2 月 8 日

夜行

沿着夜晚的宁静出发

玻璃车窗外

远处灯火如星

隐隐约约的树枝和缥缈的雾

让我突然觉得

自己是一个走向黎明的人

在曙光到来之前

有一种不言而喻的快感

2016 年 2 月 10 日

错失

我坐公交车

喜欢不说话

坐着坐着就睡着了

你呓语的时候

我恰巧没听到

2016 年 2 月 13 日

一个不能回头的长胡同

枯叶落土 春笋冒芽

不知不觉

我想我已经进了一个不能回头的长胡同

就如同一只糊里糊涂的马

并不莽撞 可又有什么用

后面堵着路

只能往前走了吧

马蹄扬得再高也转不过身啊

这样下去只会有两个结果

勒着腰带的羊嫉妒

胡同尽头垛着美味的草

虽然饿得几乎走不动

胡同那头是个岔路口

2016 年 2 月 18 日

如常

孤单 无助 不安都太如常

回首望望

多年的经历都太平常

敷衍 苛责 咒骂都如常

谁不曾受过伤

的确是只有一个月亮

但谁知道它照着几个镜子梳妆

别怨了 别怨自己

世事依旧如常无常

2016 年 2 月 18 日

初春是个冰冷的巧匠

眼睫毛掉进眼睛里

就变成了鱼骨头

寒风刺骨

全身每一块骨头都结了冰

冻得比骨头还硬

我却拿不动它

敲打这个初春

我们都双唇微启

孤独排斥却又热切

在冷风飕飕枯叶黄瘦的时候出发

街道两旁就多了几座各色形态的碍眼冰雕

2016 年 2 月 20 日

把春光烫伤了

把春光烫伤了

只是一个不小心

我是不能逃避的

不能 绝不能做个懦弱无能的人

只要是来的 我绝不躲避

凡是我可以忍受的

已经不是一两年了

可湖面的疏草还在摇曳着

成为一条背着包行走的鱼

太难了 太远了

仿佛是吞了一团火

它烧在心肺喉咙

强压吧 唯有如此

让它烧到我的脚上去

让我大步流星

走进春天的气息里去

2016 年 2 月 22 日

陈月光

有限的生命 传递着无限荣光

仿佛

灯火长存 宇宙无尽

亘古如是

沉默但不是沉闷

沉醉却不是沉迷

我是个自在凡人

放纵歌唱吧

在明月皎皎的夜色里

在爆竹连响的空气中

一张饼掰两半

做小船

摆渡追逐团圆的离人

陈月光照彻他的肉身和他的魂

岸边东风阵阵

直暖柔肠

2016 年 2 月 22 日

点点

三个月了

你在笼子里

我在你的神情里也看不出什么怨愤

好久了

没有摸到你粉色的干鼻子

和缺水的柔软嘴唇

我想起去年

给你穿上红色带白绒球的小袄

你仰着脑袋 趴在瓷砖上一动不动

我把你抱在怀里

你就没挣脱过

你是一只太不爱叫的猫

胆怯又太温顺

还曾以为你是个"种向日葵的哑巴"

我难过你只是一只猫

一天到晚竖着尖耳朵

对人类家庭的所有什物都感到好奇

却无法理解走进

我羡慕你只是一只猫

尾巴和愿望并不复杂

没有人的自由也不会有人的奔波

你想要什么呢

从不和我说

希望你再舔我的手

如果可以

我要送你滚乱满屋子的毛线球

堆积如山的猫砂

和我一个小主人最纯质的爱心

2016 年 2 月 24 日

尾巴

假期的尾巴

我赠你果子吃

给你现煮的牛奶喝

分享给你我本不多的睡眠

我向你祈盼

叫我可怜娃吧

给我一次旅行吧

让我把习惯性用于自我摧残的时间消磨在途中吧

现在的我冷得咳嗽

眼皮发麻

任由力不从心阶段性地重复着

付出多少琐碎温柔

不可告知

依旧周遭是一群观望的温度

没有人啊 救赎我啊

给我一个宋定伯 [①] 吧

我要带着他

在夜里

抓住假期的尾巴

到远方去

在陌生的树林和房子那里

践实人们口中说我的不大格局

淡然笑笑

忘忧 放纵

2016 年 2 月 25 日

---

① 宋定伯，《搜神记》中人物，南阳（今河南省南阳）人。

你我都是个了不起的人

没有过大的期望

我们也就不曾有过大的失望

没有出乎意料的收获

我们从来都要勤勤恳恳而得

在翻腾巨浪的海港

在荡漾春风的农田

在喧嚷极少光顾的小屋

我们回到了赶跑浮躁的赤诚

柳树的絮将要飘飞落地

长着口鼻眼的人们又该懊恼

只是该来的总会来

该走的总会走

我们的法宝就是见招拆招

享其成受其偿

2016 年 2 月 28 日

且踏浪去

生下来就开始琢磨来去所求
悠悠百年遍尝百味才不算勉强
极喜极哀看不清悲凉过渡的眼光
万年数不尽的生命抬头看云

还是不太应该以虚妄空涉远方
坐上一滴细小的水珠
飞渡世界大千
我有一万个积累心灵富足的理由

在云朵之间穿梭 脚下悬空
做梦做到天外去
见一敝履灵异仙人
腰缠十万贯骑鹤下扬州

我不与他争抢
趁着椰子树还没经历风暴的洗礼
初春踏浪
且让碧浪涤净心底的陈沙

2016 年 2 月 28 日

飓风

晴空万里艳阳柔暖
转瞬之间
狂风大作飞沙走石

就像一个被激怒的浪人才子
以枯叶和黄土在大地上笔走龙蛇
我左躲右避沿着他速干的沙迹
见无形的如椽大笔潇潇洒洒羞日愧光

他用手做钥匙
打开了禁锢人们才思的锁
将锁随意一抛
落沉入深江

在夕阳被风摇动的间歇
被惊起的飞鸟已经归巢

2016 年 2 月 28 日

前夕

今日在马背上颠沛
明日在暖沙上熟睡
无论是怎样疲惫隐忍的心
都愿以自然状态移动到遥远陌生的异地

感性的头脑随意性组合明媚的衣物
仿佛是拼凑丰富而难以按捺的心情
迫不及待地想去看特有的珍稀物种
给坡鹿的鹿角上挂满缤纷多彩的花束

我要越过几千米山河
搅弄一路云和风
我要在返程的包裹里
放上两只装着海水的椰子

等我吻过了深海的鱼
就把它吐的气泡完好转交给沙滩上第一只硌我脚的贝壳
我们一起踮脚 听螺号吹 似夏天的热风

似乎已经离去的梦幻
又要被海浪温缓地卷回

2016 年 2 月 29 日

我的心是水晶

他们的心是闲散的
而我的心是紧绷的

我的心如水晶一般晶莹剔透
每分每秒似乎都可能化成一摊水
读懂自己最澄净心田
也许也是我一生的课程

我的心太沉重
又雕繁刻杂
泪水和血吻长久地隐匿在淡然的纯真微笑里
可以被诟病怨怼不解
也不愿意为自己辩说

我说世上少有人比得上我的善良
混沌了眼的人们觉得可笑
是林中之王还是逆来顺受的小猫
不懂就不要批判伤害
劝我喝毒酒 我还助你逍遥

我的心是水晶
温柔起来可以使一块坚硬千年的石头流泪
杀伐有由
从不滥用冰封万里的风暴

2016 年 3 月 1 日

岁月锁在三亚的海浪声中

人生在世快乐就好

暂时逃离也是一种有益的活动

热带花树围绕着海边

鲜鱼汤和羊肉串布满小吃摊

几个穿着凉拖的人手里托着插了吸管的椰子朝大海走去

晚黑的天色诉说着海浪之下的故事

无数个细小的沙粒 微微活动的珊瑚和往来复始的鱼群

我突然觉得有一种许久未擦肩的幸福

在以缓慢的节奏轻轻拍打岁月的尘埃

仿佛时空静止又似乎在加速

三亚 这真是一个让人甘心不四海为家宁可老死在此的地方

吹吹海风

可以是一辈子最大的理想

岁月就锁在了三亚的海浪声中

2016 年 3 月 2 日

失忆者

暮色渐深后的春风

呢子大衣还是受不住

平和的时间是如此的短暂

我的温柔敦厚是抓不住它的尾巴的

今日夕阳涂抹的色彩好美

黄色和红色磨砂般灿烂在湛蓝的天空

我就想

我只是想想

我宁可每日吃半个馒头

不要这些浮光掠影的风景

颠沛在随意风波出港的船

有无目的漂泊都无所谓

哪里都好

一步或者万里都是天堂

我是你的方外之人

你是任意一个我在街道上投以微笑的人

知道什么是瓜葛吗

我是一个记忆力最好的失忆者

2016 年 3 月 9 日

夜游湖

我的皮鞋拍着木桥的臂膀

来来往往人们的鞋也拍着木桥的臂膀

石头一遍又一遍地干燥

流水的微浪就一遍又一遍地将它润湿

它们都似乎不知疲惫

似乎都是泛泛之交

黑夜张开了双臂

霞光云色都被它揽在怀中

湖水眨着的眼终于闭合

那抹亮蓝色总算是亮过了天色

人们三三两两陆续走向出口

我却执意探望湖的更深处

东风怎样在我耳边诉说

明日的花事就是如何

2016 年 3 月 10 日

潜

春天的夜晚适合潜行

无边的岁月光阴正以模糊的形态从窗缝里细密地流进来

我想起自己曾经一度地相信森林里不会裸露黄褐色的泥土

曾经固执地认为没有见到夜晚的星星是因为它们累了在熟睡

我想起自己第一次怦然心动的微妙情绪

和我对此事的淡漠听任 将其暗藏于心

我想起好多人

仅说他们的好就有些疏远

但实则我与他们已经距离很远

看不见月光

眼睛涩 鼻子提防

你不知道这样的天气

你的身体爱它与否

很多事潜在已久

它的发生就如同种子发芽破土

我们都像沉在深海鼓嘴憋气的人

在急切设法自救或等待被救援的同时

竟然还可以欣赏海底珊瑚的容姿

2016 年 3 月 14 日

小城秘密

他们是可爱的头上长有小触角的怪物

只在各自规范的那条路上行走

可你有你的路

他们的话语还是太易将你的声音淹没

你感到恐惧压抑力不从心

吃亏了就把轻飘飘的孤独重重摔在地上

碎片散落扎伤了脚又结了痂

改变了 全然否定自己的生活

把最好的最珍惜的奉献出去

但你是不明白的

即使头脑清晰

这个世界的不公开始摧枯拉朽

直到当事人的眼睛里伸出了一双小手

眼皮夹住了一滴针尖大小的泪

在回忆过去里提升

多么没有智慧和新意

等到春风化雨满城 你的胆子会变大吗

小城的街口标致紧凑

红色的流云衔着月亮在过去和未来穿梭

有人在这里拼命和退缩

我爱你

单薄又淡泊

种子趁着阳光假寐的须臾钻进土里了

似乎很多事又要从头开始

不管开不开心

至少是安逸

不用去苦读那些沧桑面皮底下的涩味

我知道你只想待在这小城

但并不是只需待在这小城

玉兰花开了

我担心它

香不到你家门口

2016 年 3 月 20 日

车上

车上

有人昏昏欲睡

我把又薄又脏的窗帘拉到一半

闭上眼睛把自己的脸暴露在阳光里

光把我的视野烧成暖黄色

不远处的田地绿色已经多过了枯色

我觉得自己很幸福

不冷不热也不饿

红色随身包与我同座

鸟巢多往树尖上安

灌木修剪成蘑菇状

邻座有个衣冠整洁的男士

把痰吐在脚下又抹在椅背绒套上

他边上的姑娘平静地视若无睹

我把头扭到窗一边

眯着眼看远处白色平房的蓝屋顶

2016 年 3 月 21 日

白玉兰

玉兰花开了快两周了

只要几棵也是大轮的花团

虽然路过的学生说哪个学校都有玉兰

但我还是把手上沉重的包放在玉兰树下

压住了几片落在草地上的花瓣

我捡拾起来

凑近仔细看它

它的花瓣厚实柔软摸起来像塑料泡沫

但似乎是缺失水分

花瓣上褐色的斑点似乎时刻漫延

树上绽放的它们美得并不真实

因为它们本身太过真实

气味芬芳优雅

引来学生们边拍照边微笑

引来家属楼的居民纷纷推着婴儿车路过

零落的就安安静静地睡在草地上

2016 年 3 月 21 日

我们走过街道

我们走过街道

看着它从灯火通明到逐渐昏暗

在拥挤 啜泣 吵闹的人群中穿梭

在车灯的红光里孵化春天的小鸟

在夜幕的缝合处种下那又亮又甜的月亮

我们相逢偶然

嘴巴和牙齿都僵化着羞于提及因果

我们中有快要做爷爷的

还有刚刚成年的

我们中有开着名车的

还有买不起自行车的

可是就遇见了

犁把如土壤的皱纹拉深拉长

新鲜的雨水来得刚好

我们的记忆种子尽它所能疯长

每一扇小窗在车玻璃的反射下都可以做天上的星星

每一个人流泪的时候他就捡拾了一个世界厌弃的脆弱

我们在呜呜风声中抱臂

我们在艳艳芳香里微笑

我们走过街道

我们微闭双眸

我们彼此遗忘

（写给北京第二外国语学院的同学们）

2016 年 3 月 25 日

风

风踩过我的脖颈

又踩过胸膛

我用手摸它无形光滑的脸

车队不知情地轧过它

流着泪的

是我

是无端碎裂的玻璃窗

还是不忍与树分离的叶和花

2016 年 4 月 1 日

赤裸裸远行

没有迫切

也没有窘困

这便是一切在山崖下睡着的午后

风沙再次团聚

你的眼界里铺展我的疆域

分分明明

我的锁骨穿着铁链

啜泣的心上 草贴着血长

大地何时何日不是茫茫

在震悚的河水上

羊皮筏子漂流

昆虫的气味

溃烂的舌尖

默默地膝盖都跪下

送太阳赤裸裸远行

2016 年 4 月 2 日

仲春风得意

推迟的聆听

给予契机坐在

鸟鸣香暖树旁

仰头伸着脖子

自己倒置在

实木椅背后

我的黑衣服

随意吸附尘土

仲春风得意

帝都的柳絮

互相追逐打闹

在眼前嗖地飞过

翩翩飞舞向

绿叶后的太阳

2016 年 4 月 8 日

小舟安眠的她

温柔沉沉睡去

我为她盖上绒毯

雪花在春的街头

铺满鲜花的田

室内有温和的疲倦

伸出援手抚摸过头

苍穹倒伏在海的喘息

大地闻讯仓皇躺卧

发长妩媚漂黑春江

穿透手心的树杈

结早了饱满的果子

远处跑来一个影子

是托着月亮的孩子

流水不满九丈深

我怎么舍得叫醒

小舟安眠的她

去看那林间落叶

飘飞金色的血

2016 年 4 月 13 日

饮酊

笑声依依

暖烧三千酒坛

雨泪崩流

将盛三千弱水

浅白的天色下招摇过市

磨破的脚掌留在旱地

几点蒙蒙暗红

远山苍青

千辛万苦去

探看那深潭里的独莲

隔着仅有的旁斜水草

我茂盛的青春

在你乖戾的眼角

平常得像一团乱火

可怖无奇人迹纷至

酴醿抱着喉咙

头顶也没有月亮

2016 年 4 月 15 日

笑

转头淡然笑笑

酸涩就嗓子壁滑下

好多都是微不足道

脆弱的刺横穿透喉咙

呜呜叫着抽风一般

扑到发了红绿霉菌的墙角

嘴里嚼着灰尘布满的发丝

斑驳的城墙和翠绿的远山

我想我正往那里走去

驴子拿下眼罩

喷嚏里喷出凉云

雨水沿着茅檐的斜坡滑滑落下

花泥的幽辉再也不被打搅

这是我好像在哪里见过的

是爷爷干瘦横着皱纹的额头

是十年前绿油油的灌木

微妙的神情恍惚即逝

如游丝一般凭窗

绾在一处

2016 年 4 月 17 日

十里的风

十里的风吹着我走了十里的路
只有迷沙的右眼渗出冰凉的湖水

十里的风倾覆了十里河滩的船
仅存一点红花附着在破损不堪的船桨

十里的风吹不动十里内半掩着的窗
镜前昏黄的灯下独有云鬓媲美金簪

十里的风召唤十里的雨
十里的记忆都付给十里的云
竹篓沾染三滴露水
泼墨的山歌唱罢天色渐淡

2016 年 4 月 21 日

沿途丰饶地

油桶打翻泥浆四溅

惊走几只雏鸡

在褐色斑点和黄羽翅下

有憨厚的躯体和朴实的脚趾

砖房包盖一棵断树

干柴如飞蛾扑向歹火

噼啪星溅像投石火弹

坟堆伪装成虚芯的土丘

往东去踏足停船的小河

拨开浮藻是无边翠绿农田

2016 年 4 月 24 日

出离

我出离一层壳
棉花收购刀枪

影子化了
一摊透明的血

阳光照来了
自然不能结冰

酥皮花生豆
安慰我的胃

2016 年 4 月 26 日

十渡

拒马河的水枯干又涨起来

不知是历史的哪一段

繁华的灯火璀璨在潋潋水波中

多少金币砸在河岸的古村沉桌

我听说这里共有十八个渡口

忙碌富足的脚步踩上隐现断续的笙歌

只是一个孤自盛覆的小地方

曾经啊也把装聋作哑的岁月拷打

恍惚的遗漏和随时间拉长的疲惫

在揣度那个强迫释怀抽象的自己

人生的几秋几冬几春几夏

彼此讲和后又瓜分及时行乐

你怎么会爱上我这样的傻孩子

只是习惯博爱众生毁灭自己的执着

十渡的山水里畅谈玩笑

清醒失望 糊涂快乐

2016 年 4 月 30 日

天星

朦胧的山岗希望受阻
一脚踏空满怀云雾
跌落在树冠的寂静
像从茅庐中走出的夫子

鱼布兜里装着野性的浮屠苦胆
是谁紧锁眉头拈指尖细米上尘土

我有昂扬的头颅轻缓的舞步
等一匹柔幻月下俊美健硕的棕马
马尾拍打辗转的缄口风流
仅为它的红綮金鞍重赴疯涛狂澜

倜傥不过尔尔魅影英姿
不甚了了昭昭往复昏昏
未沾滴酒也得魂醉斩获天星

2016 年 5 月 1 日

不觉

不觉乐

不觉忧

不觉甜

不觉苦

不觉骄

不觉卑

不觉爱

不觉恨

不觉生

不觉死

2016 年 5 月 3 日

鱼腥草

我喝的糖浆的配料表里
第一味药是鱼腥草

辛苦味甜的昂贵药物
关进那个空洞洞的嗓子

舌头根部宽只有苦
舌尖太窄未觉出甜

喷出了微微的鱼腥
就同有一年我在河边摆弄荷花的茎时
淡淡的鱼腥

2016 年 6 月 16 日

北至戴河

下午一点启程

至次日凌晨一点未见过海

但悠闲宽阔的风

足以使人想起一千三百多年前的孟浩然的浩然

这里很干净

没有广场舞 没有激情四射的大妈

没有赤着上身的烧烤店和重口味的霓虹灯

虽然同行的人们喝酒脱鞋 抽烟一根接着一根

我还习惯性玩着伤身的"喜欢你"的暧昧

但漆黑中那大团的云让人猜想天神集会

不能上锁的阳台上睡着北斗七星

蝉鸣与室内的空调声此起彼伏

明天要把疲惫抛给海 煮爱用来煎茶

天光悠悠 饭量和高鼻梁 让我再次相信

被人忽视的光彩未来

2016 年 8 月 7 日

在一起的

我与母亲是在一起的
她是与节俭和按时衰老在一起的
我与猫是在一起的
猫与猫粮和水是最亲的
我与木床是在一起的
木床是与瓷砖紧紧相连的
我与夜晚是在一起的
夜晚却只能暂时停留
我与我是在一起的
只有这才是最牢靠的

2016 年 8 月 12 日

苏轼和李白的月亮

天色从暗到亮

天气从暖到凉

是黑暗送走阳光

是秋天祈求短暂地停留北方

不足三格的无线网

像一道无形的绳索

锁住蓝光屏和冒热气的铁炉

我一个人感受到

一个时代选择的深深绝望

和每个人胸口揣着的那把无力铸造的刀

在流光溢彩的革新开放带来

悲观麻木没有原因的幻想幸福和糊涂

纠葛争夺血腥和裂变的残害

因沉寂而炸裂的树木

不是故意发怒

阴影吞噬着我身后的脚印

秋天拿出最后一把糖果

抛向绿茵草坪

苏轼和李白的月亮

是我们中秋的月饼和头顶的灯光

2016 年 9 月 1 日

四野都放出一个升起的月亮

黄昏吞噬了夜
一点点 深情
让风从白日的骨头里抽出血
寒冷融在我的无助中
它能站成村口拄杖的老人
站成一座沧桑雕像
有空旷寂寥 有石头一般的肉身
不要喝醉
神仙开怀地笑着
四野都放出一个会升起的月亮
四野扬尘 马匹嘶鸣
我为何还要思念你
恨着往事和不能交付的情书
空：给雨水打湿的天空大地
阔：庭院里成全安逸的草原
边界：我捂住眼睛 只怕一眼万年
水晶般的迷彩 寻觅不到的地方
你的影子
攥着我的心
疼痛在我的梦里 加入
白袍僧侣的队伍
毫不犹豫 潜行
在日出前变成红色的鲸鱼
远离沙岸与孤独冷漠的人群
游向海洋深处

2016 年 9 月 27 日

两年十四行

每天起不来床

大概是床太舍不得我

鸟鸣太阳究竟意味着什么

不大清楚

掉头发

在白色的瓷砖上

拖鞋灵活

把垃圾踢入塑料桶

我是个小心眼儿的人

当你非要说起

我不想听的

前程问题

"你多大了？"

"没事问这个干吗？"

2016 年 11 月 5 日

听到了吗

心房的嘀嗒
听到了吗

我父亲是不会帮我的
我母亲是不会帮我的

吃下一碗泡面
窗外月亮像玉雕的船
路灯下瑟缩着的银杏
比我更期盼新年

忍着和等着
是我的两个朋友

2016 年 11 月 5 日

满足感

她用鞋子摩擦台阶，尘土分散了
醉汉自草丛消失，欢乐的歌响起
瘫坐，欣赏默片，计算衣食花销

指针旋转乾坤，魔法禁书她读过
脚下是方形广场和你自由的舞步
冬日霾，深情款款漂移，夜空虚

虫草野菌汤上浮着薄薄一层奶油
她不能比这更真切地感知那幸福
鬼马、雅痞，内心繁星将至满布

水墨画般的睡眠欢迎盗梦者前来
拿走噩梦中惊醒的过程和触发器
盘腿、抽烟，从她童年往事回还

打转。对付命运需要持久的懦弱
狂欢是寂静中开始的，从慢跑者
到河边空桶外的鱼再到她的鞋底

2016 年 11 月 29 日

无趣

为什么枝叶横斜掩映

藏身的鸟仍觉得恐惧

风揉碎了你的影子

苍翠的幻觉　灵秀的幻听

都从我名字的秘密里走失

憎恨被监视着的人生

没有一盏灰鲨肚皮样式的灯 可以亮着

只有冰冷冷的雕塑卧在海底沉沙中

整日的虚无裹挟着虚妄

轻捷巧妙 向东向西向他人的欢笑

海在风中唱歌 僵化一如既往

酒浊了 柳倒了 菊花残了

一定不全是我一个人的错

2016 年 12 月 1 日

夜晚写给凤妈

你的平静会不会有一天
被香草轻轻覆盖
感到恐惧。在我目光所不能及的地方
发生无法驾驭的健康状况

同你一样多么希望
温柔，足够的温柔。甚至寡淡
长发里生长着一只富足的灵魂
不悲不喜，清明从容

微笑起来，在清晨
画布凝固，抽不去水分和颜色
只有光线以缓慢的速度流逝
像深林里的乐曲，谁能夺走

恨还有梦。不分胜负的冷落和热情
每每我大概都是如同赤裸的婴儿
站在你面前。你怀里暖和，惹我依赖
远处有青山拔地而起，芳香的松果滚落小溪

参差的命运是个浑浊的秘密
车窗。远行飘荡着的空白会一一作答
许多年后，风往何处吹去
向右，我想起你；向左，那应该是故乡

2016 年 12 月 8 日

飞鸟去了哪里

繁星已散落苍穹
你要我怎样，究竟怎样
意气风发思念假象的仇人
月亮的弯钩透写烧灼的心

如果我饥饿，那刀就没有用处
神的粮食不分给我一粒种子
山川的复印件。泥土。折损的雨
扰乱喇叭里的方言
风云哪里是坚硬的？

长着手臂的黄昏在海的那边
逼迫和絮叨，不公平的虚情假意让浪逃离
倒计时让我得了早期的恐慌症
飞鸟去了哪里，高楼之后不见深林

2016 年 12 月 15 日

无差

天与地

黑与白

强与弱

善与恶

原来是一模一样的

极端是无差别的

恋人互相抚摸

山河彼此交错

我感受不到冷落

屋子里充盈着孤独

孤独的核里是热闹非凡

2016 年 12 月 19 日

慌

像见了旧日的情人

且我没有打扮

有乱糟糟的头发和憔悴的脸

不动荡的平和

轰塌下来的一世间

我已经谁也不爱

蒙混过关一天一天

一个人隐藏于树影

雨水赶来

心情是狼狈的一只鸟

2016 年 12 月 25 日

某某某

他迷人还是迷人
简直是迷人心窍
讲起过去的事如数家珍

石头一般结实的臂膀
泉水似的眼眸
洗濯丝绢光泽

毛笔字是同一个他
龙飞出天外
凤舞盘树上

众所周知的是那微笑
勾魂摄魄的强大
烟岚从嘴里吐出
臣服的人不会太少

但是我不想爱慕了
大概他身处瓶中厮守他人
大概因为阶级层次不同
默默思念太窝囊

2016 年 12 月 25 日

还在读我诗的人

还在读我诗的人
真的应该感谢

这个窝着肩的时辰
蒜头在塑料盆里生出绿芽

桃花运不稳定的人
不该吃这个

我让它长，供水和氧
主要想印证时间是否流逝

筋骨明朗修长的手
洗衣服刷碗可惜了些

衣服没洗。晚上六点从
和我亲生弟弟看电影的梦里惊醒。空欢。

今晚还睡不，明早还起不
没出息的魂逃避到云深不知处

白天纸鹞飞上了天
谁放的，像春天的纽扣松了

刚好同楼死了人
纸钱像雪花飘啊飘

昨晚躺下了，我爸进屋问我：
你又瞎写啥

又掉不了脑袋。我说。
难过，他老了，我还啥都不是

今年愁完了，还有明年呢
剖开团簇的雪花，手指像熟虾一样鲜红

人的有些病，本来无法治愈
真有人想我爱我，难以置信

2016 年 12 月 29 日

我还说月亮是甜的

阳光像是跑不动了
雨水这时又太轻太轻
同我十指紧扣的手
不知什么时候，不知什么原因
加入了北风呼啸的队伍

我还说月亮是甜的
我还说太阳是绿的
我还说你的目光曾经是温暖的赐予
含苞待放的花谢了。悄悄地不易察觉

我感觉到干燥粗糙的皮肤
朝光的方向裂开口。一只眼睛
那是眼镜，那是窥视机密数据的灵光
人情惨淡，血的功效是铸造思念

你敞开胸怀的时候
缘分迷失心律，未来被我叠进纸盒
像一笔攒存多年的债务，突然肋生双翅
即刻起行漫长的险恶的旅途

狗在电线杆周围呻吟不止
河流的水给山川攫为己有
我被寒冷围攻缩作一团
手、脚、嘴唇和心脏都瑟瑟发抖。流泪
仿佛，踏出这窄小的门，
会变成一株雪地里饥饿的蜡梅

2016 年 12 月 31 日

一月一

停下来了
我不哭也不怕
冬天的鸟在明天的清晨
还会唱歌
我哭过也怕过了
冬天的鸟在明天的清晨
还会唱歌

放空自己
像天空把蓝色放空
蓝色落到水中
悲伤全无

一月一日有点粗糙啊
像聂鲁达绝望的诗册
灵魂的桅杆一直在出海
我快要忘记所有
漂泊的夜
夜里自在的野草
明晰思路的别的人

长盛不衰啊
我坚贞的谨慎和智慧
在新年暗暗地发笑
不眠不休

2017 年 1 月 1 日

最不喜欢

言语陡然

情欲纷乱

意图轻贱

五内如燃

2017 年 1 月 7 日

赠言

我不能叫出你的名字

你的名字行行滞滞

比流水走过的痕迹深重

比镂刻过的力度轻浅

仿佛你是额外的

不在这世界的双臂里挣扎着

沉浮着的一个

发狂地将粉面挠破

焦灼地奔走呼号

急切的人群

怎么可供草地里的露珠生长

寂静的清白

把白日过成夜的隐匿

若此最好不过

堆叠的闲物

充电进行时的旧路

是为顺应风潮

唇舌上下绝不点破

任意一个你总是高兴的
就像陶瓷杯中的水
总是温热

刀削锋利的东风
分割四季的领地
我是保守而又坚实
漠然置之
仅存眼底的光
照彻时间空洞的旋转
事物灭迹后再生

自然的表象无有真谛
阳光渗透伪劣的平淡
盛开同时新添暗伤
我希望你一切都经得起消耗
叶子和衰老盛开得刚刚好
清水足够果腹
重峦叠嶂跑到喉咙

2017 年 1 月 27 日

他在这个故事的结尾死去

他在这个故事的结尾死去
他从另一个故事开头重获新生

2017 年 1 月 29 日

春的目光狭长

春的目光狭长
狭长到你不能在
积雪覆盖的土地
急切将它找寻

呼——
春的目光带着声音
带着风震颤的长吟
呼——
刀锋的寂静跌倒在
群山的褶皱姿态

春的目光狭长
忧伤的蔚蓝暗暗发力
飞鸟掠尽迟复回
啄伤光滑湿润的石头

哗——
春的目光带着声音
带着泉跃动的响儿
哗——
垂手的我用脉搏叹息
生命思绪变细变长

2017 年 2 月 4 日

无

无话可续
无人可以闲聊
无鸟立在窗外
无山河锦绣扑面而来

无花开放
无夜幽深岑寂
无光漂浮波涛上
无沉思前事游弋飘荡

于是我在这，也不在这
于是我漂泊，也废止漂泊
新春在新晨矫健芬芳
沙碛枯干，驼峰衰老

2017 年 2 月 4 日

一日清晨

以床为舟
以屋为仓
以为自己一人
在宽容平静的大海上
漂泊无定

布帘和纱帘交错的空隙
那一点惨白的天空
盯出泛蓝的底色
黑夜在数小时前藏匿星星
室内干燥
我鼻血难止

蜷缩的一条鱼
喘息歇飞的水鸟
大海在山石之上
他人的怨怼愤恨
与我毫无关联

也不知道是从什么时候
所有的日子都被赋予小世界的诗意
当床沉迷不悟
晨光将手臂削成多棱柱
舞蹈的门促成更深的睡眠

2017 年 2 月 10 日

别名

积雪是马

北风是鞍

太阳藏匿在楼宇之间

鸟儿是单纯的羽毛

花是笑容

理想是闹钟

感性是文思之源

路途是不平坦

爱人是稻草人

睡眠是现世的敌首

思念和欲是朝向

单一的匕首

户外叫作金黄和湛蓝

话题是浓茶漱口

独处是森林里一棵树

2017 年 2 月 10 日

梦几场

夜晚降临，人们
顾不上拒绝悲哀
自有丢失钥匙的锁
不好看，尘土其上蛰伏

太阳全然归隐
窗纱后，春寒围拢
夜海融冰，暗暗
直接又决绝

迷失，迷失
彩色盾牌残留四季
风雨，前程无忧
恰似云迹通畅

许诺使我疲惫
交流奔去巨浪
没发生过的
永远也不会结束

约莫你在门外
或者在蓝天照拂的躺椅上
微笑的旋即疏朗
我想起所经不过梦几场

2017 年 2 月 27 日

只当是个看客

从不真实的梦境里走出来
想起萧红说的，我的黄金时代
竟是在笼子里度过的

人不能选择的东西太多太多
就像海水翻腾出来的白沫
无法存续的时间里的你我

每一日这样过着过着
没有惊艳和失落。突兀，
我以为的不会再有任何

比如说三月来了四月在路上
旅行的淡季被烂泥的心情耽搁
"什么事情到我这里都变了。"

剩下体重，日复日的安全
起初令人厌倦，日久只觉无力
书里的故事合上书就记不得了

正午的阳光眼看缓慢偏转
鱼儿私下里暗通款曲。暗示着
爱过恨过，再无踪无影的人那么多

忧郁在深处汹涌澎湃
心和希望一并殉情了吧
我也不知反思只当个看客

2017 年 3 月 4 日

晚行

踏着散漫的步子　　　　迟来或过早衰老
走向夜晚的街道　　　　激烈已低至冰度

行人渐渐少似星　　　　这一生的路犹是
楼房里的灯火处　　　　漫长而不可掌控

三三两两讲故事　　　　浩瀚的文字芳香
无非不过是生活　　　　将鲜花抛向恶虎

我已经失去很多　　　　四季与昼夜扯平
只剩下一腔热血　　　　光明与黑暗永存

云遥远不可触摸　　　　歇息的仍要起行
爱情友谊与理想　　　　把明天留给希望

2017 年 3 月 14 日

星星
在水中
流动

天气告白

我这里没有遍地的碎叶
我这里有清晨淋过雨的繁华春天

朴实，宁静，道路和人都安安稳稳
在那些湿漉漉的绿叶上
一簇簇春意自在地晕染着

此时此刻对一个人告白是不够的
我想告白每一个遇见错过又重逢的人

还要告白花和水，随着熏风，依着地势
告白灰白清洁的天空、扎实的土地
还有沿着海河行走的街道与驻足的房屋

2017 年 4 月 8 日

给你的情诗

我的眼里含着
泪腺河流沉积的沙石
含着你的手
彼此追逐的双腿
你前进和后退的每一步
影子连着的身体

故事太苦了
只能蘸糖吃下去
在嘴里骨碌骨碌地跑
我带上透明的手套
像个严谨细致的医生
把我的血液输送给你
通过苦的至悲的故事

来自她们表象怪异的红褐色
若是对我那就是我的错
我想你啊！以十指连心的最大力

以日落夜升的月亮发誓
以我至今仅有的欢乐为赌注
摇荡着抽搐着我的整个魂与体

你什么都没做，没做
你没有把圆叶片剪成方窗
透过诱惑的眼眸朝向我
综艺的诡异和广播剧的措辞游戏
总让我苦闷的心情更加扭曲
我想彻底拥有你
让我的疯狂笼罩着全部的你

驱赶平淡走向毁灭
哪怕我们提早预知
只能获得片刻的欢愉
像风暴中出海相撞的渔船
最后像灰尘一抹
像月光在凌晨淡淡残留

2017 年 4 月 12 日

五马分五花

五马分五花

各自别耳后

烈日渐当空

热风吹蒿草

平野开胸怀

踏踏欢八方

先祖筑老屋

童稚绕田逐

2017 年 4 月 28 日

俘虏

番茄蛋花汤料

鸡汁味香菇汤料

我各放一袋在油炸方便面桶里

一只卤蛋

一只塑料叉子

一个不锈钢勺

让我充满欢喜和感动

还有什么

能比眼前的一顿饭更加牢靠?

不会绝不会

夏天的溽热让人难以梦死醉生

叉勺是兵刃

面条是来自敌方的俘虏

我把他们杀了

却是杀不光的

无穷无尽不值得怜惜

2017 年 5 月 8 日

躲在管风琴里

躲在管风琴里

听天空聚拢飞鸟

爱人们沉默如石，僵硬疼痛

风的舌头被重峦叠嶂拨转

我想我已沉迷于血色灿烂的死亡中

二十根指头敲打午夜的睡眠

真实的情欲在燃烧代谢

扭曲的形体掩埋在慌乱的尘世

肌肤在轻轻歌唱

眼见商铺和街市在一夜覆地翻天

我不能爱上如此狂躁的自己

因为某一日晨曦般的梦

毁在了茂密蓊郁的丛林里

突兀的颜色搭配和刺眼的光芒

在林间路上

吞下一头狮子，生出一朵花

然后放声大哭再朗声大笑

恐惧的影翳在跳动非议的音符

我已然逐步走向醉生梦死的悬崖绝壁

蓝色的液体在崖底清凉流过

你乘列车飞驰

是否在向我的方向画圆，画圆，不停地画圆

可是该死的忘记了我对你的渴望

记忆织成弹性的网

奔跑在绝壁的边缘追逐一只漏网的鸟

一旦没有结果

无须质疑，我会沉溺于你的灵肉中

想象那些向海举起双手投降的战俘

把你的衰老疯狂撕碎

让春天的雪花飘落黑纸白字上

那里在爱欲和知识之外

幻想在光明的黑暗里睁开理性的双眼

我期待上帝的天平制约着生死幻灭与飞升

在饱食之后，在瞌睡之前

古老的灵魂远道而来长久驻扎

暴风雨张牙舞爪

海浪无声将你拥抱

蚊子久久在窗台上单脚站立

一朵花瓣将它慢慢覆盖

2017 年 6 月 17 日

蝉鸣声里更衣

洗澡。光着身子站立，吹着自然风
我忘记姓名，像醉了酒一般
任由空气的手拂过我的每一寸肌肤
没有配合它，它只是轻佻地移动和短暂地停留
离去时轻轻地无声 我听见风满足地笑了
然后我开始在蝉鸣声里更衣

其实每一日我都像醉了酒的男人一般
颠倒黑白、摇摇晃晃地朝一个方向走过去
笑着面对一切跳动的眼神和活跃的思绪
布封的《自然史》我没有读过
但我相信自己被他写进去了
可能只占了半个字的千万分之一
我在那里微笑着、哭泣着、挣扎着、苦思着、渴望着、咆哮着
静得一点声音也没有

等炎热来袭，等我的诗都规规矩矩地放在条框里摆着，
等我厌倦生活，等我的渴望胎死腹中
我会在什么地方游荡
沐浴？更衣？将日子弄得凌乱无序，将手指和身体抛向空中？
将一个女人抱在怀里？彼此分享颤抖？
我几乎丧失了一切期待的欲望

多么熟悉！多么温柔！多么难以拒绝！

这总是好过
把现实装在胃里
咕噜咕噜地让胃痉挛，或者没有喝酒就疯狂地跳舞吧！
在夜色阑珊时，我无心堵住那些人的口
让他们尽兴，只管伸长舌头，每只舌头上都长满玫瑰花的刺吧！
我会平静地在咖啡厅读婴宁和王子服的故事
把玫瑰花献给黠狐

在现实的社会遇到你真是不幸
不然你也许是个谋士，或是个在雨中身披铠甲，面向阳光的勇者
死后值得土葬
明年差不多是新的一年了
我对这一点坚信不疑
这周六，当我画完那位柔美优雅的女士的画像
我就知道，想让我陷入爱情的绝境
真的是越来越难了
可我是真的想一丝不挂地在你面前
用我的赤裸，在我眼中
让你看清自己

2017 年 7 月 9 日

遭遇悉尼（1）

我不能像悉尼的夏季

弹奏热风一样吐出一口流利的语言

冬季很有味。空气冷冷，甜甜

我还是比较适合在沙滩上数一数冒充白鸽的海鸥

出国的第一次给了澳大利亚的悉尼

从开始注定要难忘

这里天很蓝，云彩都很真实

因为海浪亲吻了我的脚

我能感受到它的挚诚

两只冲浪板和小小的人头让海水淡忘黑色星期日的谣言

悉尼大学的研究生带着一群比他小的学生参观了金字塔底端

挖出来的木乃伊

真人头骨还有真人的脑子和虽然摆放在一起却价值不同的瓶瓶罐罐

我说：加你微信可以吗？哥

他掏出手机，看看时间搪塞过去了，站在远处挥手

也是。明明我们不熟，要加上再彼此屏蔽吗？

长满绿植的大楼像留长发的懒姑娘，留着却讨厌打理

季节替她染发，就已然是美

果然在这种慵懒的国家

人是会慢慢变得没脾气的

比如刚刚

我在手机上写了一大堆关于今天行程的感悟

愣是没保存上

就好像一个健全的胚胎被上帝选中

要拿去做天使的翅膀

2017 年 7 月 27 日

遭遇悉尼（2）

麦片、冷牛奶与一对纵情的鸽子

把这一天串联起来

早饭后在圣玛丽教堂

我大言不惭地和张路雅玩笑说：

神父，时到如今，我没有什么可忏悔的

如果非要说

我杀过一些苍蝇、蚊子

甚至有的，都没给它们留全尸

我吃过猪肉、牛肉、羊肉、鸡肉、鱼肉、驴肉、虾肉，偶尔

还吃兔子肉

我摘下过好几朵蓓蕾初绽的花儿

要说最惨烈的事

那就是太压抑自己的感情了

我最想吻的人跑掉了

哦，他真是个自私又心狠的人

约翰·伍重是个顶陌生的名字

他在自己设计的建筑施工一半的时候愤然离去

到死都没有亲眼看过建好的悉尼歌剧院

好几个大家族的海鸥们被海港大桥拦住了似的

起落翻飞好不热闹

帕拉玛塔河蓝得深邃

海风沁透肌肤

站着不动久了几乎要到冻彻身骨的程度

路雅和我拥抱着彼此

我看到我们的心距离很近

回来的路上

看见一只公鸽子站在母鸽子的背上

尾巴叠在一起

我先是一愣，瞥见导游帅哥对着好奇的我们露出意味深长的

笑容

他说，我们看到了难得一见的了不起的事情

这光天化日之下，鸽子情侣竟然如此开放

原来这座矮楼的楼顶一角

也可以写满爱意绵绵的情事

2017 年 7 月 29 日

遭遇悉尼（3）

那些蝴蝶是谁关进橱窗的

五彩斑斓的躯体要永远静止在时空中吗

我与一块熊掌化石指肚相对

感觉它的主人活着的时候并不是那么友好

因为在我 12 岁的时候

听一位体育老师声情并茂地讲述他住在大东北的亲戚 5 岁的

女儿

在父母出门时如何与一只饥肠辘辘的公熊生死较量

据说那只熊最后吞了女孩扔过去的水壶的加热管当场毙命

澳洲的原住民几乎每一个都是艺术家、设计师

即使他们比后来占山为王的欧洲人平均短命 17 年

图腾和饰品精致考究

树皮小舟和各种形状的实用器具都别具一格

如今澳洲大陆、塔斯马尼亚、离岸岛屿和托雷斯海峡都不再

是土著人独有的领地

仅存的后裔在限定周长内围火跳舞

继续采集、狩猎

继续枕着星辰，盖着土地

午餐时间分享炸鱼配薯条

啄食吞咽的海鸟一群一群地来去

没有一只立在人的肩膀或手臂上

它们独立并且团结一致

表达感谢的时候会一同鸣叫

下午不小心买多了东西

我也是个要习惯涂口红的人吗

四颗樱桃挂在嘴上

火热的红就像不能被时间冲洗掉

如果轻狂地让另一张嘴流血

就能染脏记忆的滤镜

2017 年 7 月 30 日

黄金海岸市（1）

上午乘飞机从高空看那些给阳光漫洒着的白云

团形与丝状，像棉花与柳絮

你知道吗，虽然据我猜测你一定见过

但我多么想讲给你听

就像此刻黄金海岸的夜晚

星星在黑色夜空频繁地闪烁

就像今天下午的松软沙滩与海风习习

我都想讲给你听

我不想再写太多有关爱情的诗了

可那不是爱情又是什么

我和我的表达欲究竟谁说了算呢

以前早些时候看过命运的乐章分明写着

我容易和你这类人产生感情

哦。天。我什么都不知道

如果那人不是你，我会伤心吗

就算"他"来了，我又能好过到哪去

晚上在海边吃了 BBQ chicken 和 BBQ sauce

还有听装可乐和面包片

风很清澈略带薄凉，微冷
我走进海，听到了它心底发出夜晚独有的深沉叹息
黑色的海冲刷黑色的沙
树在这片静默中低吟

那一刻我突然好想远远地抱紧你
又突然想起今日已经一去不回的明媚午后
我站在 Sky Point 的顶层几乎俯瞰整个黄金海岸市的全貌
一望无际的海水是粉蓝加过绿的
房屋高低错落目不暇接
海鸥飞及处比海更远

2017 年 7 月 31 日

黄金海岸市（2）

清晨，同来的好多队友都到海边找鲸鱼的时候
我发现我的两张早餐券不翼而飞
路雅睡眼惺忪地说就用她的两张
大不了明天我俩都不去餐厅了
两个好心的男孩感动人心
解决了我和路雅基本的食物问题

跳楼机和过山车都还不错
只要不担心自己会变成肉酱
几乎一整天，我整个身体都完完整整地交给天空
我不是在被动地上升、下降、旋转
我是在尝试主动地飞翔
成为天空的一部分

真是大错特错
不应该抱那只考拉
我抱着拍完照片以后都不想放手
可能一瞬间就偷偷爱上了他
饲养员和我说他是个 boy baby
他赖在我怀里，爪子放松地耷拉下来
没有撒尿没有排便，竟然还配合地看了镜头

画师与我用三十澳币交流艺术
他把我左边嘴角的不对称弧度都画出来了

还圆了我大耳朵的梦想
作画过程中海风徐徐
寻找刺激感的人们发出的享受生活的尖叫声不断从四面八方传来
可是那个对面认真画画的男人
将近半个小时都只是自信专注地看我和纸面

到酒店房间我还在思念那只考拉和那只刚剪过羊毛的羊
莫名地想到冰心说的话：
世界是自己的，与他人无关。
对的，人活这一辈子干吗要那么累呢
假惺惺地为了得到什么"很重要的东西"
呵，我什么都不想要
我只想把自己奋斗得来的一切小心收藏
可能我是个傻子，也是个疯子
永远只会讨好我喜欢的，不屑假装

白色沙滩连绵，棕榈林掩映湛蓝的海天
在这里，如果我是个每周工作两天剪羊毛的工人
在迷醉慵懒的午后亲吻我的羊
扯下衣服替代纱布给受伤流血的小羊包扎并拥抱它
上帝会看到我吗
这不重要
因为也许我会看到我
这就够了

2017 年 8 月 3 日

海豚岛（1）

坐船出海

裸露双脚和水鸟们在同一片水域

游荡。自由地放逐

把珍珠的光滑点碎洒在肌肤上

白沙子和我们手指写下的那些名字

海水只会覆盖一部分

另一部分涂抹在蓝天上那些晚霞的绯红里

蘸红色、黑色、绿色、蓝色、黄色和橘色

装饰我们的飞去来器

飞去来兮？归去来兮？

我们在时光深处忽而聚散

浪花和情人一起舞蹈

在暖阳照耀下，在无边熏风中

喂食一只蠢海豚五六条已经死去的小鱼

这就是排在队伍最后的好处

不去争取的总会给你惊喜

刻意追求的往往竹篮打水一场空

我想在无边风日下
醉时饮狂时舞醒时坐
抛却俗世纷扰
捕鱼归还给海，猎鸟投放回深林
砍树不建房屋
只制造供给游子漂泊的蚱蜢舟
彻彻底底地做个了无挂碍的俗世凡人

2017 年 8 月 3 日

海豚岛（2）

不在喧闹繁华中迷失自己

就会堕入无边的虚无

在剧烈摇晃的快艇上

看太阳在天上洒下片片金光

眨着眼睛的鱼鳞片总是透露着沉寂多年的秘密

我感到人一生的短暂，欢忧悲喜的泡影

我又想和佛祖对话

老样子，只是我问，他从来不答

当海牛在沉船区露出白肚皮

我一粒一粒投喂鱼食

看那些鱼儿们争抢、围拢、四散

就想象老年人背朝夕阳垂钓溪边的画面

可我的热情无一刻不在燃烧

因此有时我会厌倦自己

还一无所有，一无所成，寸步未行

是件很值得庆幸的事

因为繁忙是生命的麻药

得到和得不到都毫无意义

我不会承认我看到他时心头一痛

最好相忘，永不相见

即使我这一方恐怕是做不到

皂角树的叶子正拿在我的手上

不能入口的毒就贪慕人的痴嗔

我只是醉态尽展

看不得聚散无常

虽然我不懂

但人世的酒肯定有毒

在高空中看海天一色

看海浪给海的蓝色加白

听风打碎太阳

忽觉醒来浮生若梦

睡去，整个岛屿都在悄然动容

海鸟转动眼睛在这里鸣叫

2017 年 8 月 3 日

奥克兰有点晚

路过顾城和谢烨曾经居住的岛屿

也许诗歌和幻想把那些蓝色的水轻轻晃动

树叶在微微开合

我在车窗里听见风声柔和

突然好想度过安安稳稳的一生

抱住一个人，把头扎在他怀里去笑

可要怎样处理我泛滥成灾的情绪

诗里装不下再装到酒里

可我还是爱着自由

爱着帆船、清波还有太阳

或许我可以买一条船

而我的知心爱人便在我停靠的任意一岸

我把一个孩子和一位知性的女人带到他身边

他把我心念的幻影拼凑成一个让人疼痛流泪的名字

我们读诗，我们把空荡荡的房屋用钱填满

晚上，我们趴在海鸥的翅膀里看漫天的星光

我一点都不急迫

还有四天就要结束行程

再把冗长乏味疲惫消耗身体健康的日子丢给我

那是我应该去经历的过程

享受紧张的状况，头脑的空旷，感情的空窗

享受折断和拼接，剪裁和粘贴

重复长大，也重复衰老

奥克兰在夜间更加沉默

悄悄把月色压在我双眼上

白日里我看到过伊甸山公园有大片大片湿软的草坪

休眠的火山弓着背坐在一群上百岁的住宅中间

附近的海面时有风帆垂落

2017 年 8 月 4 日

火山上的罗托鲁瓦（1）

当极速飞驰的快艇带着飕飕冷风

卷起罗托鲁瓦河的水时

我瞥见几只阳光下熟睡的黑色水鸟

开船的北京大叔说它们雌雄分居在湖的两边

每个一年只有两周才会彼此相见交配产卵

若干年前的一个夜晚

用葫芦做救生衣的公主海尼莫阿

朝着武士图唐纳凯的笛声拼命地游了 3.5 公里

跨越种族身份的爱情惊天动地

他们十三个孩子的名字命名了罗托鲁瓦的十三条街道

21 世纪的新西兰小学生都在传诵他们的爱情歌谣

在这片硫黄弥漫的土地

毛利人呼呼哈哈地吐舌头载歌载舞

间歇喷泉和沸腾的潭水热情奔放

我们走进烟雾缭绕当中就成了自然的孩子

牛羊，草地，蓝天，太阳，湖泊都是我们的朋友

五分钟前，酒店的房间轻微震动了两三次

在这个岩浆喷薄和大地抖动不怎么自我压抑的地区

也没什么值得担忧

就算霍比特人在电影《霍比特人》拍摄的玛塔玛塔小镇活了

过来

我都不会有多么吃惊：

你好 hello

交个朋友也是可以的吧

想喝黑啤还是黄啤

如果你未满十八周岁，我可以买姜汁汽水给你

2017 年 8 月 5 日

火山上的罗托鲁瓦（2）

艾格顿牧场的清晨

浓雾弥漫

冷空气让树木静默在牛羊中间

没断奶的小绵羊像小狗跑来跑去

喂食它们的父母和另外的长辈拥有愉快的经历

羊驼、高山雪驼、赤鹿、鸵鸟、约克夏猪

以及戴绿帽子的公鸭和灰花母鸭们

由于各种原因在这里度过一生

橄榄茶比甜腻的蜂蜜更加可口

参观动物的拖拉机比飞机更有趣味儿

比起摩肩接踵的大街小巷

对晚霞了如指掌的乡间小道更耐人寻味

我买了一件带有很浓重羊膻味的紫色外套

还有一只真毛做的小绵羊玩偶留做纪念

导游说不用担心被剪掉羊毛的羊会很冷

它们自身有调节体温适应温度的能力

但是那些在电推子下俯首蜷身听任摆布的羊儿

看起来还是可怜

在萤火虫洞看蓝色的小星星粘在

一百年生长一厘米的钟乳石上

漆黑一团里乘坐钢板小船

路雅在我耳边悄悄说，

她好像变成了一颗星星，

我们所有人都在太空流浪

萤火虫祖先分割了它们不超过十二个月的一生

前八到九个月吐线捕食发光

后一到两个月涉猎爱情生下孩子

然后默默地接受死亡

它们怕光，怕声音，怕各种微小的刺激

大概因为有些美好是需要细嗅蔷薇般的温柔去呵护的

路雅下午病得严重

她穿着我深蓝色羽绒外套走在前面看起来就像我一样

生病闹脾气把敷额头的热毛巾扔在我棉被上

指挥我，还埋怨我，也是挺可爱的

当我们的所有行程基本结束

夜晚抵达奥克兰的住所的途中

车窗才开始应验今日天气预报预计的小雨

归家在即，琐事扑面

我的心情一直都是罗托鲁瓦今晨被雾气笼罩的平静

2017 年 8 月 13 日

庆生

现在可以坐可以卧

可以笑得像个无所顾忌的孩子一样

可以随便揪下一片还没有变黄的叶子

做一支笛子

吹奏起来

那些远方的薄云如丝绸抖动

我还没有去过很多明媚奇幻的地方

我还没有见过太多新鲜的面孔

我只是走了几步路

刚好路过青春

二十一个四季轮回

把一些稚嫩的东西打湿了

是草吗

是星斗吗

是在黑夜里翻腾的黑色海浪吗

是隐匿在山的那边的金色阳光吗

我们奔跑过去

陈旧的肌肤又焕发光彩和生机

在我心里有一个隐秘而伟大的工作

我要和她们重新长大一回

在这个秋天的开始

暑气的终止

有些爱和火热在颤抖着

融进无限温暖的一支生日歌

如果心已经亮起来了

前方的路就不会暗淡无光

2017 年 8 月 23 日

一抹微光

从黄昏中掬一捧流水
夜晚匆忙流逝
未必我不是个多思多愁的情郎
野花也芳香
行人也匆忙
自作多情一心就想把热血抛洒向月亮

我喜欢那个想做女人的男人
也许我爱上了他的脆弱和绝望

当幻想发作
大地开始奔跑
我想让我的一生同他的一生纠缠不清
即便我在高塔上四处张望
他在闹市心远地偏

总在盼望
总是失望
生活还不都是这样
谁又能逃出世俗生活的手掌
谁人不是在给生命附加欲望

我们与宇宙万物相比

这短暂的生命
既要朴素地绽放
又得发狂式地咆哮
等到寂灭的一瞬仿佛带走了天地万物的芬芳

如何证明存在的价值
如何安心地衰老
如何走向名利场和情场
如何言败醉酒
如何为真情洗白
究竟要如何成长
做个普通人也是在劫难逃

我在路上艰难地舞蹈
想着跑累了走上几步倒也无妨
每一天都是这样
杀手惯偷在不知悔改地造作
医生老师勤恳地救人身体与灵魂
琐事不断地蒙尘
清醒的人总是最早戴上荒唐的高帽
人世一刻不停地兜兜转转
虚无也好不过迷茫

不如不去想那些现实的利刃之新
不如沉溺在幻想的沼泽湿地
不如卸去脂粉和伪装

不如饮酒作乐

不如亲吻拥抱

不如在黑夜享受阳光

不如在白昼吞吐月色

因为终有一散

每片灵魂都会化作云烟间隐现不定的音符

我的一个漂泊无依的年轻身体

从某一刻开始已经准备好

接受一切有可能发生的重创

你说一个流浪的魔术师变出玫瑰花来

不就应该送给路人吗

足够理智怎么会心伤

一切都可以不趁早

一切都可以轻易言弃

所有始料未及的都不会真正失望

我愿在四方游走

被天下困住双脚

把某个人牢牢锁在心上

把一捧水攥在手上

即便他无有此心

我不过是他遥望圆月时偶然想起的

清淡的一抹微光

2017 年 10 月 5 日

星星在水中流动

时间的灯塔 星星 沉睡的玫瑰
和每一个在夜晚半盲的人
或早或晚终有一日举起酒杯
歌唱天下终有一散的绝尘之路

在我半透明的忧伤中
星星在水里流动
你我都在其中慢慢地快快地游动
水花的发丝总是那样轻柔

你要快来驾着浓密的乌云
送来一片轻飘飘的吻
我的旧时光还有金色的月亮
应和你之后就不作声响

未来和过去总是睡着的
太沉太沉的睡眠
在幽深的峡谷深处
我还没有能力把她们叫醒

黑炭笔和纸浆逐渐具有

某种开花的特权

椒盐粉末招徕的喷嚏

让我好生想你

那些清晨才配拥有的最薄的阳光

在我眼里

屡次三番附在你肩上

然后听见爱情落在泥土里

春天的松针也落在泥土里

你太遥远

听不到我对你大喊

记得有心情去看漫天的星星

在时光里淙淙流动

2017 年 11 月 2 日

尖嘴鸟

时间是一只长尖嘴的鸟
啄我全身的肌肤
啄我的脸

2018 年 3 月 15 日

了与无（华山游）

随雨的细密脚步潜入
昨日的月隐没山头
星星下沉
落进缥缈云雨之间
白气遮住群山的双目
日出比我先登一步

万物细语喃喃
坑洼不平上附着翠嫩的绿
风尘仆仆的行客褪去黑衣
有雾霭中羽化之仙
收学徒在陡壁悬崖试剑锋

仙人惯看万物为浮沤
愿摘下芙蓉千万朵
染了渭水黄波成粉红
虽我欲寻求仙人去
云深雾至不得险绝处

亘古明明玉盘
缓缓照耀幽长的山路
揣度仙人已化树
淅淅沥沥的雨水
正在唤醒他的了与无

2018 年 6 月 18 日

做什么

做青草池塘边的一只蛙
做月夜麦田里的一只虫
做午夜紧闭门窗还瑟瑟发抖的胆小鬼

做一个纸糊的红灯笼的灯芯
做长街连绵不绝的执着的雨水
做捅破梦寐的一支生锈的戟

做透明的爱人
做一次轻轻的吻
做地狱里牛头马面的神

做下毒颤巍巍的手
做道貌岸然的金权杖
做折翅而中箭穿心的天使

做默默无言的一阵风下
颓然背影一饮而尽的一壶酒
做不敢爱不敢恨的苦行僧
脚下的雕刻莲花的石头

做八字胡侦探只穿的黑色风衣
做个欢脱的孩子
北跑东跳
西进南出

2018 年 6 月 21 日

午后入梦

浮云白日听得潺潺的流水

绕着花梨木圆桌

又来疏疏落落的几点雨

三年和我面面相觑

万事如梦入海

似乎欠个吸着香烟

敢在今世大道上踱方步的公子

湖石山上琴声 急促失控

烟烧山林给纱窗换了绛紫色

是申申而詈的缘由

焦灼的人慌忙收伞

于是捉来尖利的刀一把

抵在他胸前

欺人太甚太甚

张口就说

我欠他几个铜元

2018 年 7 月 7 日

去成都捉雨

我想就算孔明先生在世

他大概也会偶尔想不通

人的生老病死

人的旦夕祸福

从何而起又因何而来

过道 水塘 明月 清风

温朗的眼角堆满了皱纹的男人

刚刚从洗澡房裹着毛巾出浴的妙龄女郎

臀部的曲别针

背部刀疤的一道横

土地说：那女人

天空说：那男人

来自干涩头颅枯病思想的一部薄书

喊破的喉咙躺在流水上

冲向无情有欲的人潮

孤独者擅于含着眼泪咀嚼

将一把刀一个微笑包成一个礼物

邮寄到无际的大海大洋

不要讲话 我们几个一起举手投降

任凭它镂刻雕花

雕成一个钟馗 七个庄周 三根牛皮绳 两把旧镰刀

喝风吃土 追打令人捧腹的滑稽小人

做比两瓶冰水更凉的梦

从一九几几年落笔

越过公元一八一年和二三四年^①的时空距离

冬也不是冬 夏也不是夏

接着让十九世纪末的艾略特

感叹实在还有时间

这时车上有人说

困倦把他的面容弄模糊了

看这蓝天白云呦

成都在下雨他竟没听说

2018 年 7 月 16 日

---

① 指诸葛亮的生卒年。诸葛亮（181 年—234 年），字孔明，号卧龙，琅琊阳都（今山东省临沂市沂南县）人，三国时期蜀汉丞相，中国古代杰出的政治家、军事家、发明家、文学家。

见过先生

你是否知道 我已经站在你的面前
完完本本尽力消除
尘世繁杂和寰宇的变迁

我穿过平原 林地 水塘 高桥
我越过秦岭山脉 直逼蜀道
千山万水 千万的山水印进时光的画轴

站在你面前的不是我也是我
没有性别 没有年龄 没有容颜的娇嫩与衰老
甚至没有衣衫 没有肉体 没有骨架 没有血液
只剩一副灵魂的纯粹和淡默

就像你只手力挽狂澜
瞬息又付谈笑之间一碗热茶的清妙
攻心怀仁 复接琴弦
袅袅渺渺兮 风乘风去 云驾云来
衣袂飘向恩仇混为一体的方向
动辄成仙 成仁 成万世仰瞻

回到隆中 回到草庐的时候

那上等丝绸面料艳红的女士衣裙作为礼物后

终于又换来白日青天下的一口鲜血

一夜北风寒 万里彤云厚

是谁的身体一路向南

而心却在西北悲风之中哭嚎至默然

见过先生 见过羽扇纶巾和日月朗朗

在蜀界遍数滚滚车流 嘈嘈人潮

无叹无言语 高人自坐高台上

手指点水飞蜻蜓 石转江流多少事

全都付给 万古云霄一羽毛

2018 年 7 月 18 日

拜访诗圣

七岁歌咏凤凰

不知平生彷徨

四十七岁避难锦官城

暂歇宦海半生沉又浮

终于世事了然一沙鸥

老妻招呼他看

浣花溪畔梁上燕 水中鱼

春夜雨后的娇嫩花红

听得稚子逗鱼欢笑声

家国爱恨交织万千广厦成

目送他沉郁背影的疏疏离离

叹息花径曾经花满径

徒然可怜人去草堂空

诗圣究竟 究竟要多少

当下这世间也不惜

那几缸白酒 几盘牛肉

2018 年 7 月 18 日

俱往矣

我还爱着你呢

单这一点

就令我失望

那种疼痛在暗夜里游动

速度时快时慢

走水的短靴子和失控的小刀

逼我们忍受的事物

嗡嗡地小虫一般

或许花期还未到

未闻花名

或许花期已经过去

苦海填石

寂寂此生

人头攒动

真正的忘记

是不需努力的

我真是个笨蛋

竟然想尽办法

徒然

只是为了

忘记你

2018 年 8 月 14 日

观竹

这幽僻之处
欢迎沾了泥的鞋
在地上 笔走龙蛇
拖沓到土地的额头

于是在每条皱纹里
都种一排竹
从容洒脱的过路人
被它们中空的壳阅尽繁华
却毫不知情地离去

很困很困
龟甲和兽骨也很困很困
沉默沉溺于愈发珍贵的词汇
水墨泼出去一盆
结了黑色的冰
我也站在竹前矗立
乌黑的山铺在秀发上
言语和凝视
使我战栗不断

食用自己天赋的人
总得付出代价
要么就灌进黄连的纯汁
龇牙咧嘴本来想哭
最后还是大笑
有人被墨汁的冰冻住了

一排竹子说
我的灵魂
好像很老了
可怜的它
触摸了太多人的衰老
几乎再不能
伸手从喉咙里掏出"爱"这个字
只想泡在酒缸
或者睡在茶碗

明月 清风
是我的尾巴
这个世界好累啊
那些面皮看我
怕是看腻了吧

农历七月盂兰盆节
百鬼夜行天下
人间善恶难定
我想我们
该带着正气先躲躲

一起去砍伐竹子
做一秒入睡的小孩子吧
或许明天醒来
就吃得到月亮大的棉花糖

2018 年 8 月 22 日

暖雪人

我自己堆起一个雪人
是在寒风已经凛冽的时候
让火炉在雪地里很热很热
雪人感到冷才要和我一同烤火

我俩都背过身去才肯哭

一条黑色围巾对折
将几颗葡萄埋在雪地里
看得见看不见都美好起来
可我的宝藏别人会说是垃圾

生命与生活都扑向我

你不也是几乎一样
忘了这场表白得好
受冻的葡萄会死在雪里
我们的心也都死在雪里得好

你会有无数个新的雪人
和好几条旧围巾
拿自己的钱买葡萄
早晚有一天我亦是

我们谁都不到雪水里去
不找那份窒息似的安宁
我们从未去问人心如何
这种无聊的可怕的问题

2018 年 10 月 5 日

小孩子的信任

小小拳头边

是沮丧的孩子

沮丧的孩子

什么都不再相信

春天去哪了

她还会回来吗

答案太深沉

小孩子眯着眼睛

让寒风吃惊

死了的春天

不会回来了

再来的只是新的

况且天也太黑了

不好不往前快跑

身后的路已经

渐渐被吞噬了

2018 年 10 月 18 日

烂月

月已被人割烂

被残风裹得很紧

人们用思绪与

文字切掉月的模样

钟声拥挤 踏着

鼓点一般地冲出

来到街道和房屋

奔向落尘的理想

人间消长终有

一个不可知的定数

花于月下开

人们舞着 蹈着

痴迷着自我埋葬

莫问 莫问一切一切

但谨记片刻的永恒

2018 年 11 月 7 日

一簇

整日都是霾
霾把人影也填上了
我的英雄蛰伏在塔底
他已经稀疏的岁月
不要带给我恐怖

我们还要去散步
要进发向一万个早晨
古怪的人铺开画图
世界上全都是坦途

一首歌曲都不想唱
一滴酒都不去喝
在风揩干的叶草中穿梭
我们的三年被河水洗过
贝壳拦住了那些苦

天色已经不早
就请带我回家
虽然我的礼物
还仍是那心花一簇

2018 年 11 月 14 日

萤

我是一只萤火虫

我在灰霾的夜色中移动

树丛花圃结着细密的蛛网

隔岸湖边芦苇的一旁

传来断续的鸭子叫

刺破长空也刺不破霾罩

我是一只萤火虫

我在灰霾的夜色中移动

我吸入颗粒物把自己填充

我不得不去做的那些移动

路上看到荧光绿的光

荧光红的光和荧光橙的光

它们的领域就只一片

它们与霾的痛楚也只一片

我是一只萤火虫

我有好多个思念却不敢联络的人

我只有一条幽暗的路

我被人群簇拥着随着时光洪流涌动

我无法挣扎无法呼吸

我只能被推着往前走

人群闭塞着双耳双目

他们都只张着血盆大口

我是一只萤火虫

我不是一只鹰或一条鲸

他们不知道他们不记得

他们一点也不可爱

他们连忽略我这样的善事

都不愿意去做

我是一只萤火虫

我一点也不为前路担忧

有些事情我本来就不能改变

比如我曾在

一个破碎的鸡蛋壳里出生

2018 年 11 月 26 日

躲避告别仪式

瓷杯在合盖时唱出嗒的一声脆响

于是，白日梦想家的桅杆上留下弹孔

清晨盐粒一般的寒冷渗进皮肤

花匠，其实早已看腻了难得娇媚的海棠花

杂货铺紧闭门窗，今日天空没有云的聚会

礼节性的告别仪式被我躲避了

我想逃去十里飘香的稻田，颈上流着汗

和水手们一起闲逛进深林，说脏话

我不要看到冰冷的尸体和黑色的相框

我要骑上高头大马相悖而奔离

后面追着的是桂花酿的酒

是妩媚动情的莽夫，他是佛菩萨的孩子

天地满是花，我们身上也满是花

悭吝自守的人，我试着学你也学别人

醇和、慧黠，连这都不足以诱惑你吗

即使这是不得已的永远的不告而别

我们也不要把它写在悲伤的背上

2018 年 12 月 22 日

写给圣诞老人

白胡子老爷爷
在此时 在今夜
是不是这世上最可爱的人

白胡子老爷爷头戴红帽子
顶着冬日的白雪球
乘着驯鹿雪橇从天上划过
背着一袋子礼物跳进烟囱里

白胡子老爷爷
如果你同意的话
我也挂一只崭新的红袜子
在床头 在我粉色的
独角兽抱枕的旁边
期待午夜的降临 星空的闪烁

白胡子老爷爷
我会不会呢 做个香甜软糯的梦
醒来想到要写的艺术市场报告
往袜子里望去 竟然
看到齐白石画的一只虾

2018 年 12 月 24 日

花茎分离

是夜晚静悄悄走过玄关
没有人愿意把门带上
风的整个身躯铺在地上

我一个人想骂遍四周
这里的任何一个人我都不喜欢
他们也绝不爱我一毫
我像个被拒绝了一万次的琴手
那山顶之上是本该属于我的姑娘
有得不到的明亮眼眸 她叫月亮
我口含玫瑰开始痛苦地流泪
她就更加厌恶地急忙逃开
她走进我周围的这些人中
这些真正是从泥里捏出来
本质是粗制滥造的
却无知而自以为傲的群体
我跪着谦卑着匍匐着流泪
他们正修饰着身上的泥块
他们在镜子前笑着
看寒风死死追逐着我
原来这月亮是假的睫毛
假的粉面 假的模样
把玫瑰花的茎叶还给我
我要用那刺的锋刃
扎向那和泥的心肠

2018 年 12 月 29 日

如今我觉得被人潮淹没是件幸福的事

不做聪明的人
也不花心思去打扮
看着拥有智慧的人去谋略
看着拥有力量的人去争夺
看着千变万化的人去出风头
灰溜溜的人却和街边
落土的灌木叶子一样
透明的胳膊和双腿在人潮里游弋

不做最前面的人
也不做最后面的人
把破败的寺庙看作城堡
把路边的野猫当作亲人
所有的光鲜都是纵着眉头
才能说出口的笑话
如果有人高翔远鶱
那么就有人以泥土为食

如今我觉得被人潮淹没
是件幸福的事
安逸的心房待在孤独的身体
来过这世界就像没来过一样
生了 长了 老了 死了
也没有什么不好

2019 年 3 月 16 日

回家

家在什么方向
家又是什么存在
是梦吃中的市廛吗
是廿年前爷爷手背上
小山丘一般的皱纹吗

他们
把爷爷变成一捧灰时
九岁的我较现在
更不知
如何去爱人
只是眼泪流
不尽地流
流出眼眶
流过鼻梁
流到嘴唇
流满全身

我不知道
不知道

是什么剪掉了
深切爱我之人与我的缘分
我恨 我恨 我恨啊
我被逼着像个男人一样
只爱我自己
这让那些女人
也不懂我在说什么

我背着我的家呢
你要我回的是哪个家
诺德布兰德说得妙
你的父母
已成为别人的父母
你的兄弟姐妹
已成为邻居
你的邻居
已经成了别人的邻居
而别人住在别的城市
别的城市是个回也
回不去的地方

趁冷夜我去触摸

那冰冷的时空

拔出刀来刻你的名字

在自己的心上

我恨 我恨 我恨呐

即使我读懂一万个人的心

他们也不会爱我半点儿

因为我不能说

失语症这只猫头鹰

使人只想要逃

逃回他们各自的家里

都安排妥当了吧

谁饰玛格丽特

谁饰阿尔芒

谁饰小仲马的父亲

谁要读这本书

然后想入非非

我想你

在我身体上攀爬

累了就

抓着我灵魂的绳索

渴了就

饮我全身的眼泪

可你终归是不信我

你终归是不懂我

你终归是不爱我

好在

我明天就忘了

别再怨我了

你快回你的家去吧

而我的家就是这副躯壳

我勇武 自由的心啊

都因这恨意

在躯壳中生长

2019 年 12 月 20 日

咏兰

思肖笔下无根种，青藤一香压千红。
风来微摆心止水，且向清光发万重。

2019 年 12 月 28 日

上元佳节

上元独困小屋中，
书卷堆叠心事重。
山川病蔓久不愈，
四海热泪同一流。
鸳鸯别恋此禽稀，
世上难觅汝鸿鹄。
长恨此身难自主，
合欢树下孤舟浮。
旦为朝云暮为雨，
怀王高唐会神女。
美偲欿嶔诸贤良，
凝香梦泽枉断肠。
乾坤颠倒云海乱，
粼粼袅袅盼春回。
寂寞离愁空付月，
千头万绪剪不休。

2020 年 2 月 8 日

永不逝去的恋歌

曾饱受了风雨的洗礼摧残
但那些似乎也算不上什么风雨
鸟儿、微风、细雨都诉说着安然
吐露我衷肠的野花漫山
只是不能像我一样摩挲
不能像我一样把羞怯与狂热
镶嵌在字里行间

我屡次漫步云端
在窗外吹刮着冷风的天
悄悄地瞧你
昏睡的血液令我卑微
酒从口入 剑已出鞘
我要扑到你的怀里去闹
大口大口嚼着柔暖的云彩
这将会是怎样的一年
用吻告诉我就好

萧史和弄玉随凤凰飞走了
匏巴鼓琴的时候会自怨自怜吧
我的无知与恐惧被氤氲与锤炼
这是一场打不碎的美梦
一只乖巧又胆怯的小狍鸮
就这样交给你们了

2020 年 2 月 14 日

菩萨蛮·禅心道眼

阴光淡墨照初春，枯枝败叶存残痕。独饮疏狂罢，相思不耐忧。强乐无味后，雨落青衫瘦；一醉不可求，可求一醉休。锦书难托无限意，狂思易斩不绝情。频解罗裳衣，懒代语绿绮。污污起仿徨，痴魂万千许；雕鞍空附沉，无鱼游丝捻。

2020 年 2 月 14 日

雪夜闲话

雪白映晚空，
衰草小庭东。
耕耙使郎赧，
疑虑此情浓。
赤手剥红虾，
绣拳猜月钩。
林榭煎香茶，
七贤啸竹风。
拔剑抵西楼，
全无两处愁。

2020 年 2 月 14 日

卜算子·夜思

夜昏风飘云，楼头迷归旅。卧看当空无寰宇，身似一舟去。

亘古浑无字，多事惹人虑。欲眠愁洗倾一雨，万言只无语。

2020 年 2 月 21 日

春日题画

深山远谷间，枯木春水前。
闻花不是花，看人不似人。
草舍三两个，柴门叩相安。
无知无求知，旧梦重参禅。

2020 年 3 月 7 日

清平乐

别来少恙，常念凭栏望。挑灯看遍风流子，赔得急雨摧窗。

平生罹惑万万，两鬓未白无憾。诧遇叔齐伯夷，誓作十六月圆。

2020 年 3 月 10 日

等下一万个人

做个诗人
其实是被迫的
你不能选择
谁追那花瓣
翩跹起舞

脆弱的根茎
也是 曾作了孽的
这一世才做
终老孤独的女儿

追求一万个
不可以追求的人
我彻底累了
也不再相信
我这该死的直觉
垂老的灵魂

酷爱干净
我用单相思的泪来沐浴
饥饿难挨

我拿单相思的苦来果腹
如此甘甜 软糯 迷醉
陌生的人 你说
那怎会真实

我所到之处
皆是 皆是
一双璧人
黑发连接白发
不能同生
便去共死
别问我爱情
也别触碰这个
沉迷幻想的我
快去 快去
尽兴人间
花前筵席
吻你的爱人
我只是
一个过客
渺小身影

不值一念
不值一提

也许是吧
我写情诗太多
坏了规矩
就这样吧
海浪吞没头顶
沙尘掩盖身形
这辈子 这一百年
不能对人认真
认真就失望受伤
当然更不配拥有
真正的爱情了

一个诗人
不能快乐
没有爱情
还不如去死
有人说 那就去死
但我好懒

死都懒得死
苟延 残喘
苦笑 又是苦笑

月下独酌
醒来造梦
我可真是冷
冷到再一次
昂起高傲的头颅
带着绝望的微笑
奔向腥风血雨

噢 是吗
我爱的
下一万个人
想来就在
赶来的路上

2020 年 5 月 17 日

新病

二十四岁还剩下七十多天
就要结束的我
好像新添了惊悸的毛病
置身人群让我恐慌
离散人群我亦恐慌
严严实实戴好口罩和帽子
心里还是不安全
我不太懂

也许是天气渐冷
衣裤渐厚
玩笑话和寒暄话渐旧
她们高声呼喊
笑声穿透楼房
聒噪的像夏夜的蝉
做个很普通的人
也不能快乐
别人的快乐
我不太懂

重复播放几段
看过好几次的相声
拆封新书却不能静心去看
饭总是买多留到下顿
午觉醒来太阳已经下山

理想不能实现就不再执着
免得心中苦恼
与同性相处不说话为好
免得小人作祟
永远不要再讨好异性
免得遭人轻贱
学不会快乐就放弃吧
免得自缚自卑
做个孤独透明的人挺好
只是不知道以后究竟要
怎么养活自己

我只知道正在学着
做个遗忘自己性别的人
做个不敢言语不敢行动的人
做个不算是太像人的人
从前真是大错特错了
其实我真的不太懂
其实我怂了

冬天在不久的前面
有的鸟飞进深山
避世隐居
我这个抑郁的人
越发的胖了

2020 年 10 月 14 日

会友

昨儿个绵长午夜
睡意无法跨越时间来抵达
我只听到朋友的微鼾
触摸到床单的冰凉

看不透的枕边人千千万万
走散的朋友千千万万
圈子话题逐年流走
忽然发觉已经
难以靠近彼此的生活围墙

我忽然很想永远自己一人
在既定已知的方圆多年安宁生活
不能也不会不舒适的
察觉到别人的冷漠
我只会学着更冷漠

2021 年 4 月 5 日

孤独的美食家

每个人都走了
好像他们一个都不曾来过
我的床又空又大
每个人路过离去没留片影
我在床上躺他个地覆天翻
梦他个黑地昏天

饭局觥筹交错
肉欲搅碎了迷梦
为什么呢
这些人全都不像
不像我想象中的那样
即使我本知道他们的真貌

亲情是什么我没有学会

友情是什么我一知半解
爱情是什么我还不知道
我只知道我们互相关爱吧
品尝彼此的肉身
咀嚼彼此的灵魂
哑摸这游戏人间的烟火

汤锅盆碗勺筷叉刀
馒头面条米饭粥汤
烧烤炸鸡火锅啤酒
苦茶掺苦药 扮苦笑

我们都如此好吃
我们都如此孤独

2021 年 8 月 16 日

彳亍的行人

山里有山川

风里有风雨

人们心中

没有人们

人们走向孤独

走向她他自己

没有人眼中带笑

脚下的草地

宽袖摆的西装

渐暗的天光

粉红色的云霞

没有人张口说话

2021 年 6 月 1 日

岁的校园

老旧的灰楼
小窗的灯光
偏差的预测
挣扎的手指
无能的愤怒
没有人伸手救助

或早些或晚点
恢复到平静的绝望
绝望的释然
释然的情怀
情怀是大德雅量

女人间或同男人一样
没得到刚强
却收获男人的彷徨
沮丧的天气
彳亍的行人
没有人不在
被迫前进的路上

2021 年 9 月 16 日

变质

把一瓶水果罐头
留到舍得吃再吃
把一个最爱的人
留到维系不下去再丢

罐头变质起沫
人变心 好聚恶散
爱情只有一秒
友情是分阶段
等你想为捉住它
而戳破它的泡泡
顷刻便失去了

我丢了罐头
他们丢了我

我突然意识到
很多事情努力没有意义
我突然明白了
一切事物都是有时效的
罐头和关系
都有它的保质期

2021 年 9 月 17 日

我看到光阴的脚

时间从你的手

流到你的脸

分秒递减

我能看到你却触摸不到你

空气中弥漫着

一种绝望无力的窒息

当我毫无防备地遇见你

命运就像一把令人心痛的小刀

在岁月的绿皮火车皮上留着划痕

斑驳的疼像阳光穿过树叶的缝隙

那是一个年轻时候穿越花丛

片叶不沾的人

那是一个年华渐逝留恋群蝶

欲扑还拒的人

不论你是怎样的一种人

我都要做那个坚持到最后的人

穿越错位的时空

细数你的每一根白发

抚摸你的每一道皱纹

从夕阳深处看你的眼睛

从你眼睛的折射

看到轮椅、外套、太阳

看到病床、眼泪、拥抱

看到坟墓、泥土、雨水

和光阴那急匆匆来去的脚

2021 年 10 月 11 日

醒来 睡去 进食 排泄

像猫 像狗 像猪 像羊
争食 觅利 寻欢 竞价
这一生不过如此

爱情 亲情 友情 恩情
像风 像雨 像云 像雾
风吹 雨落 云开 雾散
这一生不过如此

欺瞒 煎熬 遗忘 麻木
像氧气 像水滴 像余晖 像昨日
窒息 干涸 瞬灭 逝去
这一生不过如此

易感 易伤 易变 易碎
难免 难怪 难道 难得
难为 难逃 难忍 难度
这一生不过如此

今日如是以后的百日千日
我们这一生本不过如此

2021 年 11 月 30 日

天地牢笼

你我挥舞手臂
就像时光旋转指针
指针像河流手臂
梦破碎在半梦半醒之间
你我均在天地的牢笼里

知命的达人
说我去年就换运了
什么运呢
我不知道
我只知道过去的一年
我的猫死了
又有喜欢的人离我而去了
徒留我在梦里挣扎
我梦见过猫也梦见过他
这恰恰说明
这些都是不可逆
才会梦到
我知道了

酒店的灯箱
炸鸡店的音响
脑子里的记忆机器
这座说不明道不白的城市
都像天地牢笼中的我们
一样终日劳作

夜晚在梦里也不休
好奇怪的人们
他们乐其所哉
都不挣扎
我不是
我感到窒息
我只想呼救

我不能明白这是一种怎样的生活
某个男人
某个家庭
将如何走向我
惊惧 又惊又惧
这风雨人生

好奇怪的我
吃过还饿
睡醒又困
记忆和时间都在腐烂
在这牢笼间腐烂

谁说不是呢
在这牢笼里
孤独 不被理解
或者被嫉妒厌恶
这也是一种能力

2022 年 2 月 10 日

数字二

今天似乎有些特别

人们在说

月色也说

日历还说

今天都是数字二

下次这么二

就要二百年之后了

世间分男女

一双就是二吧

二生万物

我不太懂

我只有一

现在是一人

一头长发

一只猫

一张床

一个购物车

一脑子胡思乱想

一夜一夜难眠

一日一日感叹

奇怪这生活

一腔热血

一本正经

一骑绝尘

一往不返

一去无迹

2022 年 2 月 22 日

有的人只是生得和众人不一样

有的人只是生得和众人不一样

身体或是精神

或是思想

一向踽踽独行

有的人生逢其时

境遂其运

情志契合大众

一路退避风浪

在年味将尽的

某个朴素的黄昏

有的人高谈阔论

有的人避除外物

有的人在温馨的小家庭里耕耘

有人在一轮新工作中崭露头角

有人张开嘴

有人闭上眼

有人活着像齿轮转动

有人死了像游子返乡

有人活着死了都糊涂迷茫

你不能说不世俗的人
就是愚蠢幼稚
有人就是觉得奇怪
觉得这世上稀奇

有人穿过海浪
有人翻越高山
有人被困一隅
有人枉自嗟叹

有人爱 有人恨
有人既无爱亦无恨
这种人每天做的事
除了麻痹自己
就是谋杀自己

2022 年 2 月 23 日

采摘生命

不摘树上的草莓
摘睡在大巴车上的番茄
乱哄哄的人群
头顶着冷风
呵呵的热闹
才让我昏昏

老人身上的味道
大量的唾液和絮叨
数年之后我也可能有
大爷大妈说
我的手真嫩
出生至衰老
人生不过是
步步走向腐朽

生命旅途
逃不过的你我
就像逃不掉
被采摘的草莓和番茄

2022 年 2 月 26 日

方寸

迈出一小步
仿佛就是一个世界

谁都放下了
我也放下吗
就像我们从没见过那样
那又谈什么离别

世人聚散纷纷
无常怎么就没有偶遇
只有无尽深海
风浪海水侵蚀的沉船

这世界不怪吗
嘴脸万万千千
沉浮上上下下

我该去哪呢
方寸之间
忧思万里
我问只去不回的时间

2022 年 2 月 28 日

一粒沙尘

苦难跌向我们的时候　　　　　　故人渐去

簌簌花瓣在飘落　　　　　　　　我笑

空中薄雾和世界的疫病　　　　　古人访梦

任谁人也看不清　　　　　　　　在这四月天

有人说这不过是　　　　　　　　足不出户

多愁善感的蛊　　　　　　　　　独自一人

　　　　　　　　　　　　　　　夜晚时分

你不是我　　　　　　　　　　　喝三度的酒

她也不是我　　　　　　　　　　月亮不言不语

除了我　　　　　　　　　　　　寻觅春喘息的起伏

谁能知道呢

我眼之窗外的风景　　　　　　　安心做这

萧条还是繁盛　　　　　　　　　历史长河中的

　　　　　　　　　　　　　　　一粒沙尘

我哭

　　　　　　　　　　　　　　　2022 年 4 月 10 日

黑

黑的黑还是黑的
默的默还是一言不发
沉的心也是冷的

难尽 从昨至今
无话可说
过去 未来 无迹可寻
看不到光明
只有黑里找更黑

就我自己一个
蜷在泥里
泥里的深处
爪牙密布的深处
黑的水
黑的天
水天一色
融入黑色的我

2022 年 4 月 16 日